本音で生きよう

いままで77年余り生きて来た私の反省

船井幸雄

ビジネス社

まえがき　本音で生きているようだが、実際は10％以下だった

はじめに、読者にお断りしておきます。

本書の特性は、自分（船井幸雄）のことを実例として多くあげていることです。自分のことを書くのは本来好きではないのですが、そうでないとどうしても本音論にならず、本書の文章を進められないからです。読み苦しい点も多いと思いますが、悪しからずご了承ください。

他人さまには、私は本音で好きなように生きているように見えるようです。

永い間、ほとんどだれからも命令されない立場で生きてきましたし、第一線から身を引いて数年以上も経ちます。根っからの自由人ですし、責任ある立場にいませんから、どうしてもそのように見えるようです。とはいってもウソの生き方をしているのではありません。

本当は、自分を非常に抑えて生きてきたのです。それは、人さまの気持ちを否定しなかったゆえのことだと分ります。仕事がらのクセからだったとも言えるでしょう。

自分の本音の生き方での割合について、10日間ほど具体的に調べました。まだ至らない人間だからでもあるのでしょうが、本音で生きたいように生きている比率というか、発言

したり行動できているのは、いままでは10％以下しかなかったと言えそうなのです。そのことを知ってわれながらかなりびっくりしました。そこで思うところがあり、自分の年齢も考え、２０１０年の６月20日ころから大幅に生き方を変えることにしました。できるだけ「本音で生きよう」と考えたのです。

具体例を言いましょう。

一昨日（２０１０年６月22日）、徳間書店の出版責任者の人にわざわざ来てもらい、私の関係している本の表紙について、ちょっとお願いをしました。「意に反しますので、これからは私の意を汲んでつくってください」と。一種の抗議のようなお願いです。こんなことははじめてです。その詳細は明日（６月25日）の「船井幸雄.com」に載せようと思っています。

昨日（２０１０年６月23日）、私の新刊『退散せよ！似非《エセ》コンサルタント』（フォレスト出版発売、李白社発行）が届きました。タイトルは気に入りませんが、内容は本音が多く、気に入っている本です。

ところで同書の表紙に、「おそらく私の最高傑作ではないか」と、私の名前が写真とともに大きな文字で出ていました。びっくりしました。私は本来、こんなあつかましいことを平気で書いたり言ったりするような人間ではありません。そんなこともあり、明日、自分のホームページに以下のような変な文章（?）を載せる気になったのです。すでに今朝、この「まえがき」に取りかかる前にその原稿を書きあげました。

そこで、その一部だけを転載します。これは「船井幸雄.com」中の「先週のびっくり」というページ内の文の一部です（少し修正・付加しています）。

＊

先週の「びっくり」は、2月に徳間書店から出た本、伊達巖さんの『聖書の暗号は知っていた』と6月末発刊日で同社から出る本、高島康司さんの『未来予測　コルマンインデックスで見えた日本と経済はこうなる』の2冊についてです。高島さん著の本もすでに書店に並んでいます。

いずれもすばらしい本です。著者もすばらしい人たちです。ところで、なぜか版元から私が序文、解説を書き、推薦をするようにたのまれました。著者は知人であり、内容もよいのでひきうけました。ところが、本が出来上ってきて、びっくりしたのです。

表紙に私の名前の方が著者の名前より大きく書かれていたり、私の写真だけが大きく出ていたのです。これでは多くの人にこれらの本は私の著書とまちがわれかねません。私にはPR力があるようなので、よい本だから、なるべく上手にPRしたいという出版社の気持は分るのですが、これでは少し具合が悪いと思いました。著者にも申しわけない…と思ったのです。

びっくりして、6月22日に版元に来てもらい、「これは困る」と本音のお願いをしたのですが、責任の一端は私にもありそうです。いままで本音を言わなかったゆえです。これからは正直に、はじめに自分の意思を本音ではっきり言う予定です。

あらためてここで、著者や読者、そして出版社におわびいたします。

＊

以上は、何冊かの著作の「表紙」の字句の大きさや文章の内容、写真などだけについての私の本音ですが、このように、いままで見て見ぬふりをしてきたというより、たいていは委せっぱなし（気が弱くて自分の意見を言えなかったとは思わないのですが）で来ました。しかし注意して考えますと、最近はあらゆる面で私の生き方や美的意識に合わないことが多くなり、急に気になり出したのです。そこで本音を増やすことにしたわけです。

他人さまに、きらわれずに、本音さえ知ってもらうことができますと、いままでは10％以下で生きてきましたが、「50％以上は本音で生きられそうだ」と思えるようだからです。

そのためには、本音中、とくに大事だと思える「生き方」や「哲学」を1冊の本にしてうまく書いておけばよいようだ…とも気づきました。

しかも、時流から考えてそれが多くの読者の生き方や、これからの世の中のあり方にも参考になると思えてならないのです。世の中は急速に本音の時代へと変るでしょう。

そこで、このような表題の著書『本音で生きよう』を出そうと、今朝から原稿を書きはじめたのです。

昨日『退散せよ！似非コンサルタント』の表紙を見て、そのあとで最近とくに気になっていることを具体的にリストアップしました。2時間ほどで１００～２００くらい出て来ました。

それらを1冊の本のレジュメになるようにまとめますと、なかなか面白い目次ができ上りました。そこで、本書の版元のビジネス社に連絡をして、昨日中に出版の了解をとりつけました。

今日（２０１０年6月24日）早朝より、前記の6月25日発信のホームページの原稿を書きあげ、次いで本書のレジュメをつくりなおし、そしていま、この原稿を書きはじめました。

本書がどんな本になるかはまだ分りませんが、私の本音が50％以上発表でき、１００％になるべく近い本になることだけは志そうと思います。

ともかく10％以下が50％以上になれば、こんなにうれしいことはありません。

それらは私の77年以上の超多彩な社会経験（？）が生み出したものでもありますから、

かなり、読者の御期待に応えられるように思います。気楽に書きます。だから読者の皆さんもぜひ気楽にお読みください。よろしくお願いいたします。

人間は本物にならないと、本音では生きられないようです。

「本物の人間」とは、「人として正しく生きるクセづけができている人間」ということでしょう。むつかしいことです。それだけにぜひ、目標としてみたいと思っています。

２０１０年６月24日　　自宅書斎にて

船井幸雄

まえがき　本音で生きているようだが、実際は10％以下だった……1

第1章　見事に「身辺整理」をしたと言われているが？

1　55歳で社長として創業会社を上場し、60歳では会長になっていた……15
2　70歳で会長も辞め、創業会社から完全に身を引いた……17
3　何かの使命を感じ、その後「使命に全力投球して生きよう」と考えはじめたのだが？……19
4　2007年　74歳からの思わぬ大病。いまだにアタマ以外は半人前以下……23
5　借りはない。借金もないし保証もしていない。文句を言ってくる女性も皆無だが？……33
付　最近もらった親友からの本音のお手紙……36

第2章

なぜか本音や世評とちがう自分の生き方・感じ方

1 出すたびに何万部も本が売れ、東証・大証の一部上場会社のオーナー的存在で、「成功者の1人」と言われているようだが、それらについてはほとんど感慨がない ……42

2 フシギな能力者の言う過去生因縁は分るのだが？ ……47

3 本当はオカルトやスピリチュアリズム一辺倒の人とは距離を置くべきだと言えそうだ ……51

「フシギなすばらしい人」との付きあい方 ……52

4 ホームページには、あんがい本音が書ける。それでも50％くらいか？ ……56

（1）船井幸雄の『いま知らせたいこと』

『マインドコントロール』 ……58

『JAL再建なるか？』 ……61

『久しぶりに感動した本「20世紀のファウスト」＝昭和天皇の行動』 ……71

（2）『先週の「びっくり」』より

『「聖書の暗号」は、お見通しだった』 ……77

『一致する近未来予測。気をつけよう』 ……83

5　47年余も辛苦をともにした家内を大事にしたいと思っているのだが、まったくというほどできていない……87
付　「プロ」のみる「世界経済の実態」＝資本主義は維持できないだろう……90

第3章　「本当（本音）の自分」に思うこと

1　自由が何よりも好き、人の下には立てない。気に入らない命令や脅しにはとことん闘うクセがある……98
2　バクチやゼロサムゲームは大嫌い。株や為替には一切手を出したくない……104
3　働くのは大好きだ。忙しく働いてきたが、私の周辺の人たちが幸せだっただろうか？……109
4　何か大きな使命がありそうに思えるが、一方で平凡な余生を希望している矛盾がある……117
5　最近ようやく「ええカッコウ」と縁が切れつつあってほっとしている……121
付　アングロサクソンの本音＝日本について……126

第4章 何よりも「びっくり現象」が勉強になる

1 最近では、ほぼ正しいと信じられる「聖書の暗号」にもっとも「びっくり」……132
2 なぜかレプティリアン（爬虫類）系が大嫌い。理屈より感情が優先する自分に「びっくり」……147
3 いばり、こだわる存在は神さま（?）でも、本物ではないように思える……157
4 常識的には「この世」は地獄。どうして苦しみ悩まねば進歩できないのか?……164
5 「お金」は必要だが付きあい方はむつかしい。経営（お金儲け）のプロなのに、できるだけ「お金」と縁を切りたい……170
付 私の元秘書こだまゆうこさんの本音「世界一すばらしい国、日本」……179

第5章 「本音」からと思える、心うたれる日本人の美的意識

1 神さまのお告げ、博愛主義ではいけないのか?……193
2 どうすればイシヤを包みこめるだろうか?……198
3 どう考えても日本人と日本列島、日本語は大事だと思うのだが?……208

4　なぜ多くのまじめな予測が一致するのか。資本主義は宇宙の原理に反するようだ。GDP信仰も矛盾だらけ。日本人の本音にも反する。たぶん、近々にもっとも確実に崩れると断言できるシステムだろう。日本人は日本人らしく生きよう……220
5　日本人は「この本」を読んでみよう。アメリカや中国の本音がほぼ分る……229
付　作家の加治将一さんが健康のヒントをくれた……242

終章　人類の歴史と今後についての現時点での私の仮説……252

あとがき　マクロには「よい時代」へ向けて世の中は変り出した……259

第１章

見事に「身辺整理」をしたと言われているが？

多くの人から「船井さんは理想的な生き方をしてきましたね」と言われます。自分では考えたこともありません。幼少時から「幸せ」や「成功」などについて、考えたことがなく、理想もなく、ただガムシャラに働き、生きてきただけです。その実態を、本章では「本音」で述べてみたいと思います。ともかく、いまの時点（２０１０年6月25日）では病気で肉体的に苦しんでおり、その上、多くの悩みがあります。ただ、アタマだけは冴えているからです。そしていままでは、生きてきたというよりは「生かされてきた」人生だったように思います。これが本音です。申しわけないのですが、本章では私がどんな生き方をしてきた人間かを、本書のために、ぜひ知ってください。最近の闘病記めいたところも一部ありますが、それも参考になると思います。なお、「聖書の暗号」のことを知らないと、本章の本当の意味は分らないと思います。これについては拙著『二つの真実』（２００９年7月、ビジネス社刊）を、入門書としてお読みください。

1　55歳で社長として創業会社を上場し、60歳では会長になっていた

1933年生まれの私は、1956年には京都大学（農学部農林経済学科）を卒業しました。

自由な学風の本当によい大学でした。幼少時から人さまの下で働くことがうまくなく、そのため、1969年（昭和44年）10月3日に、独立して個人経営の「フナイ経営研究所」をつくりました。従業員は私を入れて6人です。その前もかなり自由に生きられる仕事をしていたのですが、やはり上司がいました。だからトップになって、すっきりしたのがもっとも嬉しかったことでした。

このフナイ経営研究所が1970年（昭和45年）3月6日、会社になりました。資本金100万円、従業員7人です。本社は当時の私の自宅の羽曳野市恵我之荘1―4―6に置きました。もちろん私が社長になりましたが、この会社が現在の㈱船井総合研究所（船井総研）です。途中いろいろな問題があり、苦労もありましたが、おおむね順調に

伸び、1988年（昭和63年）9月に大阪証券取引所に株式を上場しました。

これらの事情やエピソードにつきましては、『退散せよ！似非《エセ》コンサルタント』（李白社発行、フォレスト出版発売）や、小宮一慶さんとの共著『人生で一番大切なことは、正しい生き方を「クセづけ」する』（海竜社刊）に詳しく書いてありますので、ここでは省略します。この2冊には「船井流経営法」の本音のコツを50％以上書きました。

会社創業時37歳だった私は、株式上場時は55歳でした。まちがいなくこの間、代表取締役社長として、創業し成長した会社をリードしてきましたが、文字どおりの超ワンマン社長だったと思います。

この株式上場は、「経営コンサルタント会社としては世界初の快挙」などと話題になりましたが、自分では成るべくしてなっただけのこと、と思っています。善し悪しともにいろんなことを知りました。

ただ、私は1990年にあっさり社長を退き、会長になりました。

60歳のときは、社長ではなく会長として、会社の経営や第一線指揮なども本告正社長（当時）以下の幹部に、ほとんど委ねてしまっていました。上場会社の社長は自由を束縛されることが多く、自由に動きたい本来の私の性格にまったく合わなかったからです。

船井総研は最初、大阪証券取引所の新2部に上場したのですが、その後大証2部を経て、いつの間にか東証・大証の１部上場会社になりました。その辺の事情やエピソードも前述の２冊の著作に詳しく述べていますので、ここでは省略します。

とくに自由を束縛されるのが嫌いな性格なので、社長を譲ったとはいえ、会長時代もわずらわしいことが多く、大変でした。上場会社を創るというのは規制が多く、めんどくさいし、マクロにみれば世のためにも自分のためにも、余り楽しいことではないような気がします。私の本音に反しますし、美的でもないと思っています。

２　70歳で会長も辞め、創業会社から完全に身を引いた

２００３年３月27日に開催されました船井総研の株主総会で、私は取締役への就任を固辞しました。同年１月に70歳になっていましたので、予定どおり、船井総研から完全に身を引くことにしたのです。

もちろんそのために、その半年前ほどから、私の関連で船井総研が出資をした会社への損失なども、個人の責任でできることは肩がわりをしましたし、私の一族は任期中の監査

役1人を除いては全員退社させました。これで非常にすっきりしました。

いまも私は船井総研の株主ですし、創業した会社ですから同社を愛しています。創業した会社というのは特別にかわいいものです。いま、最高顧問という肩書きを同社から与えられていますが、株主であり創業者ということで、ときには相談に乗ります。目に余ることがあった折には、小山会長や高嶋社長に最高顧問としてアドバイスをすることにしています。とはいえ同社の経営には2003年3月28日以降は一切関与しておりません。もちろん給料は一銭ももらっておりません。

同社主催のセミナーには、時々講師として参加したり、入社式には「創業者がいまも健全であり、どのようにして、現在のような、よく働き、よく学び、客志向を大事にする社風ができたのか」を新入社員や既存の社員に知ってほしいし、思い出してほしいので、よく参加します。

もちろん、私個人と船井総研の間に、個人貸借など金銭問題などは一切ないと言っていい関係です。

このようなことを知っている船井総研の従業員や多くの株主などは、「きれいに身を引きましたね」と言ってくれます。

しかし私は、創業者として当り前のことをしたとしか感じておりません。

人は、だれでもやがて「あの世」に行きます。生と死は1つの区切りです。人生にも区切りが必要だと思います。70歳後の最初の株主総会時で1つのことを区切っただけです。70歳という年齢を、「まだ若い伸びる会社を、よりうまく伸ばすために」、すでに高齢者でもあり、創業者としても船井総研を愛するがゆえに1つの区切りにしたまでのこと、というのが本音です。美的哲学でもあります。

これがベストだったと思っています。私自身の哲学であり、自分のその後の人生のためにも採った1つの行動でした。

3 何かの使命を感じ、その後「使命に全力投球して生きよう」と考えはじめたのだが？

先述した2冊の著書をお読みいただければお分りいただけますが、私はいままでどろ縄式の生き方で、生きてきました。ほとんど計画や戦略などを考えたことのない人間なのです。正攻法でコンサルをしてきました。

経営コンサルタントとして生活できるまで成長させてくれた日本マネジメント協会を辞

めた時（1969年9月30日）も、船井総研の株式を上場しようと考えたのも突然のことでした。私の人生で計画的だったことといえば、70歳で船井総研を辞めようと考えて、2000年ごろからその準備に入ったことくらいのことしかないのです。選んだ大学も結婚も、どろ縄方式でした。それがベストだったと思っています。

ともかく、2003年3月に船井総研を辞めました。それから何をするか……は、それから考えはじめたのです。

当時、上場会社の経営や経営コンサルタントは現職としてまだまだやれました。しかし、これらをこれ以上やりたくない……と思ったから船井総研を辞めたのも事実です。というのは、それが何かは分りませんが、本当にしたいこと、やらねばならない今生の使命があるように、1990年ごろから思えて仕方がなかったからです。

それを知り行いたく、船井総研の社長を1990年に辞めたのですが、いくら考えても、自分の使命や目的が何なのかが、もう1つはっきりしないのです。イメージも湧きません。2003年に会長を辞めて真剣に考えましたが、やはりそれははっきりしなかったのです。

そこでとりあえず、私が1980年ころから、世の中に知らせたいと思っていた「本物」を研究する会社をつくりました。2003年4月のことです。

㈱本物研究所がこれで、船井総研を私とともに辞めた娘ムコを社長にしました。同社は本物を研究し、扱い、いまのところ日本中の800社くらいに卸しをしている会社です。ともあれ、自分では株主でもあり、ここの最高顧問になりました。やはり無報酬です。

それから、以前から関係のあった㈱船井メディアの最高顧問になりました。この会社は、私の考え方や哲学などのPRのために、90年ごろに㈱船井財産コンサルタンツなどと創った会社です。そしてそれらにもかなり力を入れることにしました。

それ以外に、船井総研の株式上場直後に創った同社の株式などを持っている持株会社の㈱船井本社の会長にもなりました。家内が社長をしていましたので、押しかけ会長です。この会社からだけは給料をもらっています。最低生活給です。

とはいえ、まともにやるべきことが見つからず、自分の使命などはこの時点では、船井本社の会長を本業にして考えても、はっきり分りませんでした。

どんな人も、使命を持って生まれてきているはずだと思います。これは日本人の中でも、もっとも詳しい1人と言っていい私には、自分が研究した「聖書の暗号」の解読結果からはっきりと分ります。しかし、ようやくその今生の使命というか目的が、分りはじめた段階なのです。2007年3月から病気になり、いつも深く考えていたので、近々分りそうに思えてきました。

それでは2003年4月から何をしていたのか……と言いますと、全国各地からの講演依頼に対応していました。年間にしますと200回以上も、2003年4月以降は講演のために全国各地へ行っていたと思います。人生講演などです。

また、会いたいという面談希望者が激増しました。余裕がありますと、それらの人々に会うことにしていました。そのほか、本づくりのための原稿も書いていました。このようにして船井本社会長の船井幸雄は2003年4月～2007年3月まで、船井総研の社長、会長時代に比べると、雑務が減り、気分は楽になりましたが、時間的にはそれまでと変らない、心では充ち足りないままに忙しい日々を送っていたのです。

いまから考えますと、この間に北海道から沖縄まで（ときには台湾まで）、日本中を知らないところがないくらい、大事なところはくまなく歩きました。そして土地、土地の特性を知りました。それはあきらかに、全国を詳しく知るために生かされていたのだと思われます。

博多や姫路、そして伊豆のように、土地勘があったり、宮古島や種子島のようになぜか特別になつかしいところも発見しました。

4　2007年　74歳からの思わぬ大病。いまだにアタマ以外は半人前以下

病気になってはじめて分ったのですが、病気というのは辛いものです。ただ、私は病気のこともその辛さのことも、いままでは、医師や歯科医師以外には、ほとんど言わなくなりました。と言いましても、家内には時々言うようです。つい家内にだけは辛さを訴えたくなるようです。

言ったって、聞いた人に嫌な感じを与えるだけで、まったくプラスにならないことに1年くらいも病気が続くと気がつきました。私の場合、発病したのが2007年3月12日ですから、今日（6月25日）の時点でもう3年3カ月余も経っています。

それまでは、ほとんど病気らしいこととは無縁の73年余りでした。点滴やお灸や鍼もマッサージも受けたことがなく、年中無休で働いていたと言ってもいい人生を送ってきました。いまにして思えば、超健康だったのですが、そのありがたさを知りませんでした。

2007年3月12日に佐賀市内で講演中にせきが止まらなくて胸が苦しくなり、佐賀市

内の友人の医師（矢山利彦さん）のところに駆け込みました。彼の診断は「マイコプラズマ感染症」ということでした。せきは止まりませんでしたが、この日の夕方、彼と食事をし、軽い気持ちでその日の夜、佐賀市内のホテルに1泊、翌日3月13日には長崎市に移動、せきをしながらも講演を済ませました。つらかったけれど話せたのです。

しかしその帰途、長崎空港から羽田までの機中で、どうしてもせきがとまらず、気分が悪くなり、帰宅後、すぐ近くの医院へ飛びこみました。

起き上がれないので、その後の仕事をかなりキャンセルしました。キャンセルなどとは、それまで縁がなかったのです。このようにしていまの原因不明（?）の病気がはじまったのです。

仕事やアポイントのキャンセルをしながら、それでも2007年の7月ごろまでは、半人前ながらもかなりの仕事をしていました。

それを見ていた船井本社の秘書室の人々が心配し、彼らが手配をしてくれて、7月に東大病院の「22世紀医療センター」で総合検診を受けました。

MRI、CT、レントゲン、超音波、心エコーなど数千枚も写真を撮って調べてくれました。そして部厚い診断書とCDつきで医師が詳しく説明してくれましたが、それを聞いた私は「本当だろうか?」とびっくりしました。あちらこちらが悪く、カラダがボロボロだというのです。

とくに「できれば、すぐに心臓の手術をしたほうがよいですよ」ということでしたが、他にも悪いところが何カ所も見つかりました。念のため2007年7月13日付けの東大病院の総合検診成績表の「総合結果」のところだけを次ページに転載します。

せきが出る。声が出にくい。すぐに疲れが出る……などは自覚症状があったのですが、「すぐ手術しなければならないほど心臓が悪い」などという診断結果には驚きました。

ともかく心臓のことは気になりますので、その後、順天堂大学や葉山のハートセンターでとくに詳しく診てもらいましたが、いずれも東大病院と同じ診断結果でした。それはそれとしまして、それからです。左上半身に次々と異常が出はじめたのです。多くの病気が発症しました。

2007年8月ごろから左顔面マヒになり、2009年8月からはよだれが止まらなくなりました。いまも、ともに治療中です。

さらに2007年10月からは口内が絶えず気分が悪く、次々と口内炎ができました。それから肺炎、気管支炎、結膜炎、中耳炎、蓄膿症、左顔面の三叉神経痛など、左上半身を主体に20くらいの病名をもらうくらい、いろんな病気に見まわれたのです。ともかく毎日辛く痛いのです。気分も晴れません、カラダも、半人前くらいも動かないのです。

東京大学医学部附属病院

総合結果

・大動脈弁狭窄症というご病気です。循環器内科を受診し、治療方針をご相談下さい。
・肝臓に腫瘤が3個あります。消化器内科の受診をお勧めします。また、萎縮性胃炎も疑われますので、併せてご相談下さい。
・左の頚動脈にプラークがあります。他の血管にも動脈硬化性の変化が始まっています。高血圧、コレステロール高値、内臓脂肪の蓄積などが動脈硬化のリスクになりますので、食生活にご留意下さい。
・高血圧があります。上述のように心臓弁膜症もありますので、循環器内科での定期通院をお勧めいたします。
・悪玉コレステロールが高値です。お食事にご留意下さい。
・甲状腺機能低下が疑われます。内分泌内科へのご相談をお勧めいたします。
・右の腎臓に3mmの結石があります。血尿や腰背部痛などが出現しましたら、泌尿器科にご相談下さい。
・その他、いくつかの画像所見が認められました。いずれも次回経過観察いたします。

まとめ

・大動脈弁狭窄症です。循環器内科に受診して下さい。
・肝臓に腫瘤があります。消化器内科での検査をお勧めします。
・動脈硬化性の変化が始まっています。併せて循環器内科でご相談下さい

3回くらい「もうダメだ」と思い、遺書も書きましたが、そのたびに何とか生きのびてきました。

もちろん体力仕事は、2007年10月からほとんどできなくなりました。

その間、いまもですが、絶えず口腔内が異常であったため、話しにくい、食べにくい、痛くて眠りにくい日々が続きました。70kg近くあった体重が55kgに、ウエストは91cmが82cmになりました。

もちろん、いろんな治療をしましたが、一向によくなりません。自分で客観的にみても、主観的にみても、体調は悪くなるばかりでした。ただし「すぐよくなるはずだ」という希望だけは持って生きていました。自分は90歳くらいまで、「健康で生きるだろう」と、勘で思えて仕方がなかったのです。

その間に、私が納得する診断をしてくれる医師も2～3人くらい出てきました。

その1人が篠原佳年さんです。

彼はリウマチ治療の名医として知られている人で、倉敷のワイワイクリニックの院長です。私の永年の友人です。血液検査の読み方も名人で、有名な医師です。

私のところに来てくれた篠原さんは、少し診《み》ただけで、すぐに「船井先生、右股関節が変ですよ。だから左上半身にいろんな病気が出るのだと思います。思い当ることがあるでしょう」と言うのです。そういえば、２００4年5月に右足からミゾに落ちたことがあります。外傷もなくレントゲンでも異常はなかったのですが、その時に右股関節を痛めたようです。しばらく右肩が痛くて困りました。

「磯貝式療法で説明ができますよ。ともかく右股関節を正しくするとよいでしょう」と言うのです。

これには「なるほど」と珍しく納得しました。そのため何人かの有名な整体師のお世話になりました。

もう1人は矢山利彦医師です。彼とはとくに親しいのです。彼は今年（２０1０年）の1月に「まちがいなくボーンキャビティーだと思いますよ。調べて手術してごらんなさい。よくなると思います」と言い、下の歯の下側に病原菌の巣窟とも言っていい空洞があるはずだ……と言って専門医を紹介してくれました。調べてみますと、たしかに3カ所ありました。彼のクリニックでは、難病の理由としてボーンキャビティーが１００例以上もピックアップされているようです。

1月27日、3月5日、3月23日と手術で3カ所のボーンキャビティーを取り去りました。

それからは、口腔内とのどは別にして、心臓や肺、糖尿病などは急速に快方に向かい出したようです。

以上で自分の病気に関する症状や納得した医師の診断などについて書きました。自分の病気のことを書くのはこの辺でやめておきます。私が分ったのは、すべてに原因があり、根本から治療するべきだということでした。これだけでも充分でした。

ともかく病気のことを書いていると楽しくありませんし、読者も他人の病気のことなどは読みたくないと思います。他人さまに言うものでもないと思っています。だから、この辺で治療の失敗談などもやめます。

それよりも、病気になったから「よかった」と思えることを書こうと思います。

多くの人から、私はオカルト好きであり、スピリチュアリストと思われているようです。第2章で、そうでもない事実を書きますが、このように思われた理由は、霊能者や超能力者（？）と言われている人に知人が多く、「よいと思う人」を時々たのまれて紹介しました。それだけでなく、いまから45年ほど前から、オカルト的なことを時々話したり、本などに書いたり書かれたからのようです。ちなみに私はいまでも、多くの人を他人に「よかれ」と思って紹介しますが、紹介業ではないので、紹介料などとはまったく無縁です。

１９９０年～95年ごろには、知識人ぶった評論家という人々によく批判されました。「船井幸雄の特性は、オカルト好きで、いかがわしい霊能者や暴力団員と親しいことだ」

と、いろいろな本や雑誌に何度も書かれました。分らない人に説明しても仕方がないので、放置しておきました。

私はどんなコトバも未知のことも否定しませんし、あらゆる層の人に対しても、差別しないでそれなりに付きあうクセがあります。とは言いましても、もともと無宗教で、分らないことは否定もしないが肯定もしない性格であり、超多忙で余裕がほとんどなかった上に、目の前の仕事に精いっぱいでしたから、見えないことや聞こえない世界については、真剣に付きあう時間がなかったようです。それに当時は、評論も反論する知識もありませんでした。なぜならそれらは、現実と無関係なことがほとんどだったからです。

これらについて真剣に勉強したのは、まちがいない事実と思えるスウェーデンボルグやエドガーケイシーなど、数人の言っていることや行ったこと、さらにベアード・スポールディングの『ヒマラヤ聖者の生活探求』くらいでした。

ところが２００７年来病気になり、辛かったため、以前の私なら決して耳を貸さないはずのこの種の人の話や本にも興味を持って、それなりに正しそうだと思えることには真剣に検討しはじめました。辛さから、少しでも救われたかったからです。

それが、「聖書の暗号」や「日月神示」と付きあうことになり、神や霊から直接正しいメッセージをもらい、世の中がそのとおりになっている（？）という人々の話などを聞くことでした。

もちろん、はっきりした紹介者があり、人間性のよい素姓のはっきりした人で、私好みの人にかぎってのことですが、そんな人と数人ほど、仲よくなりました。また、深く勉強した本や資料が10種類くらいになりました。いまでは、それらは「生きている目的」や「死」を考えることに本当に参考になっているようです。

これは病気のおかげだと思っています。そのため、「世の中の構造」や「人としての正しい生き方」について、最近はかなり深く知りましたし、はっきりとはまだ分らないながらも、私の今生の使命のようなものも、自分の特性の活かし方とともに、かなり分りはじめてきました。

２０１０年の3月～5月に書いた3冊の本（5月発売の『２０２０年ごろまでに世の中大転換する【㈱徳間書店刊】』、6月発売の『退散せよ！似非《エセ》コンサルタント【李白社発行、フォレスト出版発売】』、7月発売の『人生で一番大切なことは、正しい生き方を「クセづけ」する【船井幸雄、小宮一慶共著　㈱海竜社刊】』）のように、私が使命や目的として世の中に発表しなければならないことがあるのも分ってきました。本書も同様です。

さらにカラダが動けない故に、時間的な余裕ができましたので、多くの、ある道の超一流の専門家（「超プロ」の人たち）と、情報交換を続けることができるようになりました。

いま、１００人以上も「超プロ」の親友ができ、日々楽しく付きあっています。

おかげで世の中のことが、よく分るようになりました。「世の中をマクロに正しく知る」のも、私の使命のためには必要なようです。予測などはするべきではないのですが、よく的中するのはそのせいです。

これらは病気にならなかったなら、たぶん実現しなかったことと思えます。

最近のことですが、そのために3年以上も病気がよくならなかったのだ……と思うことがあります。

ともかく、私のこの3年余りの病気は、ありがたいことに、最低限は自分で食べられましたし、原稿や手紙くらいは書けました。毎日、20通くらいは専門家と手紙を交換していました。来客にも無理でない範囲で会えました。

いま、お酒や肉類はのどを通りませんし、人さまと食事をすることは不可能な状態です。遊びに外出することも不可能です。力仕事はほとんどできません。

家内には看病中心の生活を四六時中、3年余りもしてもらい、まったく申しわけないと思っております。ともあれ、体力的には半人前以下ながら、人さまとそれなりに付きあえてきたのです。よく考えればフシギなことです。やはり「生かされている」と思えてなりません。

5　借りはない。借金もないし保証もしていない。文句を言ってくる女性も皆無だが？

泥縄式で計画も計算も余りしなかったからよかったものの、もし１９８８年に船井総研の株式が上場できなかったとしますと、私のその後は大変だったと思います。

上場のため、ベンチャー・キャピタルなどから個人的に借金をして、資本金と持株比率を増やしました。個人の貯えなんか、ほとんどなかったからです。もし上場できなかったとしますと、たぶん何億円という借金を抱えて、私や家族は大変な人生を送らざるを得なかったと思います。

上場できない可能性が50％くらいあったのです。あとで考えて、ぞっとしました。90年ごろには2度とこんなバカげたことはしないようにと固く決心しました。

しかし運よく上場できましたので、私個人の借金は返せましたし、いくらかの上場メリットでお金も入ってきました。

そうしたお金はその後、いろんなことがあり、いまではほとんどなくなりましたが、うれしいことにおかげさまで、いま借金はありません。保証もしておりません。そういう意味では、身ぎれいになりました。気分的にも非常に楽です。

一方、男につきものの女性関係も、だれからも文句を言われるようなことはありません。息子2人と娘1人以外に子供もおりません。この点でも気が楽です。

株式上場後、しばらくの間、「お金の世界」を知りたくて無鉄砲に投資などをして、見事に損をしましたし、株式上場がうまくいかなかったときのことを考えてぞっとしたこともあり、70歳以降は、完全に投資や投機をやめてしまいました。

もちろん、そんなお金もなくなりましたし、それとともに急速に、事業やお金に対する興味を失ったのも事実です。病気をしたせいもあります。ただし人並み以上には、政治や経済、とくに株、為替、債券、金利、戦争などのことは知っていますし、予測もよく当ります。正しい情報が、いまも世界中から連日、入ってくるからです。

このように一見しますと、私は経営者や経営コンサルタントとしての身辺整理をしたようです。

いまのところ、船井総研の上場直後に創った㈱船井本社には、借入金や不良債権などがあり、多少の問題点はありますが、同社は船井総研の株式も持っていますし、決して不健全な財務内容ではありません。

いま社長をやっている次男が、監査役の長男などと相談をし、無理さえしなければ、船井本社の経営は充分やっていけるだろうと思っています。

それでも時々、いろんなことが起こり、家族や社員、関係会社のことなどとともに、私にも悩みは次々と出てきます。昔のことで、人さまから恨みのお手紙ももらいます。90％以上は誤解によるものですが、誠実に対応させていただいております。長年のトップ業で慣れているせいか、そうしたトラブルも余り気になりません。というより、ここ20年くらいびっくりするくらい、きれいに生きて来たのです。

ということで、客観的に見ますと、私は「幸せ」な人間のようです。それはよい家内に恵まれたことをとっても分りますし、病気を含めて、すべてに感謝できることで分ります。

本章では、自分の50歳以降の後半生のことをかなりストレートに書きましたが、いまは、今生の目的、使命をぜひ、はっきり知りたいと考えて勉強中です。もうすぐはっきりするでしょう。

「聖書の暗号」によると、99％くらい、われわれ人間はいまのところ生かされているようです。それをどう理解し、知るかによって、本来の今生の使命や目的が分り、達成のために動けるようです。

そのように考えて、カラダは不自由で大変ですが、気分的には楽に生きています。

付

最近もらった親友からの本音のお手紙

【6月26日　㈱トータルヘルスデザイン　会長　近藤洋一さんからの「新著の感想」】

前略ご免ください。

いつもお世話になりありがとうございます。

身体的に厳しい状況の中でお書きになった最高傑作（李白社発行、フォレスト出版発売『退散せよ！似非《エセ》コンサルタント』）をご送呈いただきありがたく御礼申し上げます。

最初のうちは、経営コンサルタントと医者を厳しく糾弾する書という印象を持ちましたが、読み進むうちに、船井先生はいつもどおり、人生そして経営において大変なことを大きな視野から説いておられるのだということが感じられ、落ち着いた気分になりました。

私事で恐縮ですが、こんな体験をしたことがあります。

30歳のときに体調を崩して病院に行ったところ、さんざん検査をされた挙句、食事や酒、タバコを始め、日常生活の細部にわたって健康指導を受けるなど、不自由な薬漬けの毎日を送らざるを得ない羽目になりました。

ある時悟ることがあって通院するのをやめ、好き気ままな元の生活に戻したところ、すっかり元気になりました。

そのとき「医者には行かない、検査をしない、薬は飲まない」と心に決めました。病院に行くと、マイナス指摘ばかりされるので、ついつい気になります。気にしていると、そのマイナスが実現していくことになります。これでは本当の病人になってしまうと感じたからです。

病院のお医者さんは、データを見ることはあっても、人間を診ることはないように感じました。

患者も患者でわざわざ病院に行く必要のない、放っておいたら自然に治ってしまうようなことで、病院に駆け込むのですから、医者もうんざりするように思うのです。

医者と患者が共同で病気をつくり出しているのではないかと思えてきます。

今や病院は、病気を治すところと言うよりも、死にに行くところと言ったほうがよいのではないかと思うくらいです。

（中略）

最近怪我をして外科のお医者さんに診てもらいましたが、それ以外はお世話になっていません。

大変ラッキーなことだと思っています。

そんな体験がありますので、船井先生が医者とコンサルタントを職業とする人に厳しい要求をお出しになるのは、よく理解できるように思います。

以下、感想を述べさせていただきます。

「退散せよ！似非コンサルタント」という、船井先生には珍しく怒り心頭に発するといった刺激的な書名なので、最初のうちは読む人の心の中に、船井先生が訴求されたいこととは違う反発的な気分が湧いてきて、誤解されるのではないかということが気になりました。

医者をはじめコンサルタントを偉い人だと思っている人が多くいると思うからです。

マイナス指摘をしているようで、失礼になるのではないかと思うのですが、率直に申し上げることにいたします。

「素直・勉強好き・プラス発想」という成功の三条件は、言うは易く行なうは難しで、これを完璧に全うしている人は珍しいのではないでしょうか。

というより、どんな達人でも、常に念頭におき、精進されているのが常の姿だと思います。

船井先生はその頂点を極められた方で、言ってみれば富士山の頂上に君臨しておられるのだと思います。しかし、一般大衆は登ろうとしても意志が弱く、ついついマイナスの方向に走ってしまいがちです。

だから成功とは言えない毎日を送っているが、しかし自分が間違っているとは思いたくない、反論したいのだが、船井先生の言われることは絶対に正しいので反論できない。

（中略）

本書がマイナスから入っているので、読む人のマイナスを引っ張り出し、ひがみ根性から船井先生の批判をする人が出てくるのではないかと思います。

似非コンサルタントにしても似非医者にしても、自分が似非とは決して思いたくないので、けんかを売られたという心が、表面に出てくるのではないでしょうか。

この本が警告書として、そして世直しの本であるだけに、医師やコンサルタントのように自分を偉いと思っている人、自分を正当化したい人には、真意が伝わりにくいように思うのです。

だからと言って、医者やコンサルタントを温かく包み込んで、現状が改善されるかと言うとそうも思えません。

本書は、後になるほど、プラスの場が設定されていますので、「人間は一生学び続け、働き続け、成長していく存在だから、効率的に生きることが大切である。病気になって一番困ったことは、満足に働けなくなり、勉強もできにくくなったことだ」と言われる船井先生の言葉が身に沁みます。

（中略）

長い眼で見ると、世の中にはプラスだけが吸収されて、まともな人が増えていくのだと思っています。

その意味で、世の中の人に真実を知ってもらうことで、大きく貢献する貴重な本だと思います。

どうもありがとうございました。

お体が全快される日が一日も早く訪れますよう心よりお祈りしております。

そしてますますのご活躍ご発展を、心よりお祈りしています。

草々

２０１０年6月26日

近藤　洋一

第2章

なぜか本音や世評とちがう自分の生き方・感じ方

だれでも、思うようには生きられないものだと思います。他人も、自分の思うように正しく評価してくれないことが多いでしょう。本章でも、自分を中心にそれらの主なことを本音で書こうと考えております。第1章に続いて、かなり私自身のことを書きますので、読み苦しい点は御容赦ください。ともかく本音で感じるまま、素直に記します。「本音のよさ」をお知りください。（今日は2010年の7月5日です）

1　出すたびに何万部も本が売れ、東証・大証の一部上場会社のオーナー的存在で、「成功者の1人」と言われているようだが、それらについてはほとんど感慨がない

書籍の総売上が年々減っているようです。

本離れの時代になりました。それでも多くの出版社があり、毎日毎日、新刊が発刊されています。たぶん、そのほとんどは経営採算上からいえば赤字でしょう。普通は4000～5000冊が1冊の本の損益分岐点になるだろうと思いますが、90％以上の新刊書は3

000冊くらいしか書店では売れないと思えるからです。

拙著はその点は安心でき、最低でも2万部や3万部くらいは出ますし、力を入れて書いた本は5万部を突破します。出版社も充分採算が合うと考えられますが、このような何万部も出るような著作を書ける人は、作家を除くと、日本でも20人くらいしかいないような気がするのです。

ありがたいことに、拙著には固定読者というかファンの皆さまが大勢いらっしゃるようで、私はそうした方々に感謝し、そのことに心から喜んでおり、深く責任を感じております。

また、私には年間、10冊くらいの新著を出せるだけの、正しく興味深い情報が入ってきます。世界中から情報が集ってきますし、それらをまとめ、文章として発表することが許されるのはうれしいことです。たぶん、これは今生の私の役割の1つなのでしょう。

いままで400冊くらいは本を出して来ました。

読者総数は1000万人以上になっていると思いますが、それらを読み返すと、「これは本当によい本だ」といま自ら言えるのは、10冊あるかないか、です。反省するとともに「厳しい世界だな」と、最近とくに思います。

したがいまして、これからは、1年に1冊か2年に1冊でもいいから、本当に読者に喜ばれ、自分でも「よい本を書けた」と満足できる本に絞りこみ、よい著作を出したいと考えています。

と言いますのは、最近は出したあとで、本の内容は別として出た部数には、余り深い感慨のない自分を発見するからです。内容のどこかが気に入らないと、そこが非常に気になるのです。

本の原稿を書いているときは、いつも一生懸命書いています。

これこそ、いま言いたいこと、伝えたいことだと思って書いているのです。

それでいて読み返すと気になる……というのは、これは厳しいことです。

そういうときは何か、私の今生の使命や目的に合わないことを書いているように思えて仕方がないのです。これが本音です。

私を「成功者の1人」だと言ってくださる方に対しても、同じです。

船井総研という、東証・大証の一部上場企業の創業者で、実際上のオーナー的存在という世評もそうですが、普通の第三者的な発想に、私は本音で関心がないからのようです。

創業者であることは事実でも、オーナー的存在などという考え方は、船井総研を辞めた2003年4月以来、まったくありません。オーナー業を喜んで放棄したのですから、人さまのこの感覚には何の感慨も持てません。ただし私は船井総研を愛しています。ですから今後、何があっても同社のために尽くすでしょう。

これは、つい最近のことです。

バースデイ・サイエンス研究所の佐奈由紀子さんが、彼女の本の中で、成功者の例として私のことを取り上げ、性格や特性の分析まで解説してくれました。

その後、訪ねてきてくれた佐奈さんは、すばらしい個性的な女性で、それからのちにすばらしいお手紙を頂戴しました。お手紙は全文をここへ紹介したいくらいです。

そこには、「日本人の使命や彼女の使命が、船井先生と会ってよく分り、自信ができてがんばれる」と書いてありました。「武士道や聖徳太子の十七条の憲法のことが先生と話していて強く浮んだ」とも書いてありました。これはうれしいことでした。一人の有能な有意の女性の友ができたと、喜んでおります。

とはいえ、成功者と呼ばれることには、まったく感慨がないのです。お門《かど》ちがいのように思います。

むしろ、武士道や聖徳太子のほうに、いまの私は強い感慨を感じます。

多くの人と焦点がちがうのかも知れませんが、これが私の本音です。そしてそれは１９９０年ごろから探し、目指し、創りあげてきた、私の生き方でもありそうです。美的意識と言えばいいのかもしれません。

たぶん、オーナー的発想についてのこの変化は、80年代に親しくなった政木和三さんや難波田春夫さんの影響のような気がします。あとは、質素に生きられた元東芝社長の土光敏夫さんの生き方にも学びました。質素さと謙虚さに惹かれました。

千数百件も特許申請だけをして、それを公開し、1件も特許を取らなかった発明家であった政木さん。フシギな超能力者でした。彼には「無欲」の強さを教えられました。

早大教授で経済学者、また哲学者でもあった難波田先生からは、「人間と生き方」について、マクロの視点でのものごとの見方を教えられました。「見えない世界のあること」も教えてもらいました。「美しく生きましょう」とも教えてもらいました。

ともに故人になられましたが、人間として、どんなことに感慨するべきかの基本を、知らず知らずのうちに叩きこまれたように思います。

私は土光ファンでした。

東芝を辞められた後、セミナーの講師としてお招きしたところ、たった1人で、地下鉄で来られたのにはびっくりしました。彼は大社長でしたが、東芝を辞められてからは、秘書や車も使われなかったのかも知れません。質素に、きれいに生きた方でした。

このような先輩たちに感化され、「世の中で起こることは、すべて必要、必然、ベスト」

という考え方や、「われよし、いまよし、お金よし」が、人として決して大事な生き方でないことも、ここ20数年来の基本的な生き方になったようです。

私は質素が大好きです。できるだけ質素に生きています。ぜいたくは本音で好みません。

2　フシギな能力者の言う過去生因縁は分るのだが？

私の周辺には多くの霊能者や超能力者と言ってもいい人がいます。

過去生の記憶がすべてある人、いろんな人の守護霊というかガイドのような存在が分り、彼らと話せる人、自動書記のできる人、ヒーリングの達人、動植物と話せる人、蘇生する水をつくれる人、いつでも自由に魂が肉体から脱け出せる人、神さま（?）と毎日話している人、などがたくさんいます。

その99%は人間的にまちがいない（いわゆる常識的で、正常な生活を送っている）人たちなのですが、合計すると100人くらいは、いまも私の身近にいます。さらに政木和三さん、神坂新太郎さん、近藤和子さん、佐藤政二さんといった発明家も、フシギな人たちです。科学の常識では分らないこと（？）を現実化してしまいます。

このような人が私のところへ集まりはじめたのは、40歳前ころからですが、それらの人々を知り、エドガーケイシー、スウェーデンボルグなどの研究をしたおかげで、「宇宙には因果の法則」がありそうなこと、自分の本質は肉体ではなく魂であること、宇宙は実に公平に運営され、すべてが進化中であることなどを、実感として知りました。

また、各自に使命があり、人として生まれてきたのは各自に目的を持ってのことであるのも納得しました。私にはこの人たちのような特殊能力はありませんが、直感力が強いことや、思ったり言ったりしたことが実現するという、なぜだか分りませんが、そうした強い特性は「能力（？）」としてあるようです。

したがいまして、20年以上も、よほどのことがない限り、人さまに対して恨み心は持ちませんし、悪口なども言わないことにしています。週刊誌などに悪口を書かれても放置しているのは、そのためですし、私から人さまのことを悪く言ったことはありません。その結果が怖いからです。

ともかく、40歳くらいのころから、「船井さん、あなたの前生はこんな人だったのですよ」と、5人くらいですが、過去に生きていた同じ人の名前を、これらの人からよく言われました。

あんがい歴史上の有名な人物が多いので、「そんなことはないだろう」とも思いたいのですが、そのうちの2～3人は「そうかもしれない」と思わざるを得ない人物であることも否めません。

最近になり、「聖書の暗号」を知り、私の過去生とか、同魂と思われる人の名前が、暗号の中に何人か出ているのを知りました。前記の数人の名も何人かありました。こうなると、それを１００％信じるわけではありませんが、自分のことなので気になり、いま調べています。これも本音です。

そして今生の目的や使命も、それらを通じてかなり分ってきました。

具体的に言いますと、日本国内では、私は宮古島に行きたくて仕方がないし、この島にある張水御嶽《はりみずうたき》や新城定吉さんの庭に惹《ひ》かれます。本音です。なつかしいのです。また福岡県内や、兵庫県内のある周辺には土地勘がありますし、飛鳥地方や伊豆にも懐かしさを感じます。そして、特定の人のことが気になるのです。

とは言いましても、それによって今生が決められ、使命や目的が決まっているとまではまだ、はっきりとは思えません。ともかく、徐々に、人生目的などがはっきりとしてきたようだ……ということまでは言えそうです。

したがいまして、そのような話を聞かされても、わざわざ話しに見えたときにも、時間的余裕があればゆっくり聞くようになりました。肯定しないまでも否定はいたしませんし、話してくれたことをそれなりにうれしく思っています。

「お話、ご苦労さまでした」と、お礼も言えるようになりました。これがオカルト好きと言われ、スピリチュアリストと言われている大きな理由のようです。と言っても、本音で信じているところまではいかないのです。

ともかく、だれとも、どんなこととも、普通に付きあっています。人を差別しない、否定しないのは性格的に合っているので、うれしいことです。

家内は、たまたまこのようなことにほとんど関心を示しませんし、会社の秘書室内でも1人か2人くらいの人しか、この種のことは関心はなさそうです。これもありがたく思っています。だからいたって健全に、それらのフシギな能力の人々とも付きあっている、というのが実情です。

この点、ぜひ誤解なきよう、よろしくお願い申し上げます。

自分でいうのは変ですが、健全な人間だと思っています。最近とくに健全になってきたようです。

3　本当はオカルトやスピリチュアリズム一辺倒の人とは距離を置くべきだと言えそうだ

昔からオカルトやスピリチュアリストとの付きあいについて、ちょくちょく述べてきました。紹介してほしいという人には、そのお人柄も考えて、紹介もしました。本書でも述べています。最近、このように言われることがちょっと気になるからです。だから少し、その辺のことを書きます。

いま私が主幹として出している月刊『ザ・フナイ』で、フシギな人気があるのが、拙文の巻頭言「幸筆」です。

毎回、読んだ方から、何十通ものお便りをいただきます。

ところで、本書より少し早く出る２０１０年９月１日発刊の『ザ・フナイ』９月号の幸筆に、次ぎのような文章を書きました。いまの私の気持ちがよく出ていますので、そのままほとんどを転載します（一部変更、付加してあります）。

「幸筆」（9月号）

「フシギなすばらしい人」との付きあい方

船井幸雄

私の知人には、「人相がよい」、「他人の悪口は言わない」、「自慢はしない」、「おだやかな人がらで、社会人としても、文句のない生き方」をしている人で、フシギなすばらしい能力のある方が多くいます。

私は、自分が至らないためか、右のような「　」内の条件を叶えない人々とは、最近は余りお付きあいがなくなりました。

一般に、成功者とか経営者などは「　」内の条件に合わないかなり特性のある性格をされている方が多いものです。

フシギな人、たとえば霊能者や超能力者も変った人のほうが一般的なようです。

人嫌いになったわけでなく、「人間は大好き」なのですが、なぜか一番はじめの「　」内に書いた条件のある人以外は、最近、私のところにはいらっしゃらなくなったようなのです。

自分の近くに来る人は、自分が呼びよせているのだ……と言いますから「　」内以外の人とは、最近の私は、特に3年前の病気をしてからは会いたくなくなったのかも知れません。

ところで「　」内の条件を充たしながらの不思議な人が多くいらっしゃいます。たとえば今年5月に徳間書店から出した拙著『2020年ごろまでに世の中大転換する』で、主役を演じてもらった神坂新太郎さんがそういう人でした。

死んだ金魚を生き返らせるような水を創ったり、地震予知を100%当てたりなどと、不思議な事実を証明して見せられるたびに「びっくり」させられましたが、まったくおだやかなすばらしい勉強家で、亡くなる直前までエネルギーの研究をしておられたようです。

また、昔お世話になり、私の考え方に大きな影響を与えてくださった政木和三さんや難波田春夫さんもこのような人でした。

とんでもないほど、次々に発明をする政木さんは、千何百件も特許申請をしましたが、それを公開するだけで特許は一つも取りませんでした。

いろんな人に彼の発明したことを活用してもらえればよいのだ……という考え方で、「金銭は必要なだけ集ってきますよ」と、常に淡々としておられました。

また、経済学者であり哲学者として戦前から有名であった難波田先生は「宇宙の法則に合わないのは、永続しませんよ。一人ゲームで多くの人が我執のカタマリになるような資本主義は近々必ずつぶれますよ」と話され、満員電車で早稲田大学まで通勤しておられました。これが戦前から東大・京大で教えた大哲学者の姿でした。スウェーデンボルグやエドガーケイシーのことを、「ひまな折には、信用できるフシギな人の勉強もしたほうがよいですよ」と教えてくれたのは、彼だったように思います。

ここでは、あえて親しかった3人の故人の例をあげました。こういう方たちとは、やはり「自分だけ、いまだけ、お金だけ」という考え方をなるべく減らして付きあうのがよかったように思います。我執を減らすにしたがい、彼らは多くのことをあけっぱなしに教えてくれたようです。

ちょっと数えるだけで、このようなすばらしい知人がいま何十人も、私の周りにおります。

これは、「もう我執をできるだけ減らしなさいよ」と神さま（?）に言われているのかも知れないと思います。本音で我執は減らそうと思っています。

=以上=

こんなことを書くのは、どんなにすばらしい情報をくれる人でも、オカルトやスピリチュアリズム一辺倒の人とは、10年ほど前から距離を置いて付きあい出したからです。それらの中にはお金を要求するような人も多くいますが、とくにそうした人などと付きあってこなかったのは正解だったと思っています。

すると、似非（エセ）情報が入ってこなくなったように思うのです。

われわれは未知のものに興味を惹かれます。

とはいえ、確認できないことを聞いたり読んだり信じるのは、それがよほど多くの人から認められているものでない以上、のめりこんだり、付きあうのはムダなような気がします。

事実、距離を置いて付きあってきてよかったと思っています。

大きな書店の精神世界コーナーは、日本ではまだ隅っこに少ししかありませんが、欧米では、日本の10～20倍くらいのスペースを占めています。

それだけ研究者や興味を持つ人が多いということでしょうが、日本人は日本人的に「そっと研究する」ほうがよいように思います。ただし、スウェーデンボルグやエドガーケイシーのような、だれもがまちがいないと分る人のことまで否定しないようにしながら、この面の勉強をしてほしいものです。

これは『聖書の暗号』や『日月神示』につきましても同様です。まちがいないと思うことについては、やはり深く勉強したいものですね。

4　ホームページには、あんがい本音が書ける。それでも50%くらいか?

数年くらい前からホームページに思いついたことを書きはじめました。「船井幸雄.com」です。はじめは週に3回「いま一番知らせたいこと」「先週のびっくり」「先週会った主な人」を毎週月、水、金曜日と週に3回出していました。

毎日読んでくれる人が多くなり、1年くらいでアクセス数は日々1万5000人くらいになりましたが、「一方的に会った人の名前を書くのはいけない」と言われ、「先週会った主な人」は2007年に病気をしてから発表するのをやめました。

そのかわり、船井本社内に担当者をつくり、「朝倉慶さんの経済情報」や「ほおじろえいいちさんのスピリチュアル情報」「健康情報」「本物情報」などを流しはじめました。

いま、おおむね毎日のアクセス数は2万5000～3万くらいですが、やはり圧倒的に多いのは、いま私が直接発信している毎週月曜日の『いま一番知らせたいこと』と毎週金曜日の『先週の「びっくり」より』です。アクセス数の過半をこの2つで占めており、1回の発信文で平均しますと10万人近い人が読んでくれているようです。

この私の発信するブログだけをまとめた本も、いままで数冊は出ましたが、そこそこ売れたようです。

というのは、ふだんは10%以下しか本音を書いたり言ったりしない私が、あんがい気楽に本音の50%くらいはブログで書いているからだと思っています。私のホームページにつきましては、読者が限られていますし、どんな人かほぼ分りますから書けるのです。面白いことに本音度に比例してアクセス数が増えます。

＊

たとえば最近多くのアクセス数があったものは、次ぎのようなものです。念のため一部だけ紹介します。これらはみんな、今年になってからのものです（それぞれ、一部変更、付加しています）。

（1）船井幸雄の『いま知らせたいこと』

『マインドコントロール』

昨年読んだ本の中で、「一番多くの人に読んでほしい」「いま一番知らせたい」と、私が思ったのは、池田整治さんの『マインドコントロール』（２００９年12月、ビジネス社刊）です。

著者の池田整治さんは陸上自衛隊の現職の幹部です（一等陸佐）。私の親友です。彼が第49連隊長の時からの知人ですが、何十通もの手紙を交換しました。信頼できる好男子で、空手の達人です。

ただ、この本の紹介が遅くなったのは、「紹介すると彼にマイナスになるのでは？」と、現職の自衛隊幹部である彼の立場を考えた私に逡巡《しゅんじゅん》があったからです。

と言っても、この本の内容が正しくない…というわけではありません。九十数％は正しいと思います。というのは、実務家で真実を知らねばならない経営者兼経営コンサルタントとして、私が「正しいし、このとおりだ」と思うことが本の内容の九十数%だからです。私は立場上、いろんなことを調べ、知ったのです。この本にはそれらが書かれています。

（中略）

同書は、私のような物識《し》り（？）の日本人や世界各国のエリートにとりましてはほとんど常識ですが、日本人の99%以上の人々は知らないこと、気がついていないことなのです。それらを実に分りやすく、事実とともに解説しています。

多分、ほとんどの政治家、官僚、経営者、ジャーナリスト、学者なども気づいていないか、まちがった認識をしていると思います。

同書内には、アメリカ軍は「日本の水道水は塩素が入っているから毒だと言い、そのままでは飲まない」現実などから、「タミフルなどは接種しないほうがよさそうだ」と取れる文章もあります。

（中略）

ぜひ、日本人ならお読みいただきたいのです。

１９３３年に生まれ、１９４５年の終戦時、すでに中学生だった私は同書に書かれていることのほとんどすべてが事実であったことを証明できます。あえて言いますと、私の研究によりますと、同書中、多少事実と反していると思うのは、「天皇家の歴史と大化の改新などのこと」と『ヒマラヤ聖者の生活探究』（ベアード・スポールディング著）が、イギリスの調査隊たちによるということくらいです。前者には古事記と日本書紀によって悪者にされた蘇我氏のことを正しく付加してほしかったのです。

後者は、どちらかといえば米国人中心の調査隊だった…ということくらいで、ともに同書の内容には大きな影響のないことです。

以下に同書の目次をあげておきます。

普通の人、特に70歳以下の人にとっては、びっくりすることのオンパレードだと思いますが、同書に書かれていることはほとんど正しいことです。そしてこれが事実です。

序章　オウム事件から、世の中の「真相」を求めて
第一章　日常生活に忍び寄る食品添加物の実態
第二章　第五の民主権力「インターネット」で流れを読み解け
第三章　「ヤマトごころ」を歴史から抹消せよ
第四章　現代日本へのマインドコントロール戦略
終章　人類文明の危機とアインシュタインの「予言」

以上の目次は、実に客観的に穏当につくられています。
それだけに私も池田さんのことを考え、より紹介を戸惑ったわけです。
とはいえ、ともかく日本人必読の書です。

２０１０年1月18日発信

『ＪＡＬ再建なるか？』

今回も先週の4月23日に続き、経営の実務家として、そして経営の専門家として私の本音を赤裸々に書くことにします。多少、マイナス発想的な部分もありますので、このような文章は4月23日と今回4月26日の２回で打ち止めにしたいと思っています。

ここに書くことは、あくまで経営のことをよく知っている実務家としての、やむにやまれぬ危惧の念からの本音ですから、読み苦しいところがあると思いますが、どうかお許しください。

私は本来、こんな文章は書きたくない人間なのです。そこをぜひ御了解ください。

では本文に入ります。

4月に入ってJALから「JMB　FLY　ONカードをお届けします」という手紙とともに、今年も私のところへ『JAL　GLOBAL　CLUB　2010』というカードが送られてきました（ちなみに『ANA　SUPER　FLYERS　CLUB　CARD　2010』は何カ月か前に届いていました）。

週に平均して4〜5回は飛行機を利用していました。日本人ですからそのほとんどはJALとANAです。ただ、ここ2年半ほどは外出（とくに飛行機利用）を医師から制限されましたので、やむをえない状況以外は利用していません。

世界の航空会社の中で国内線の機内サービスをもっともケチっているのが、JALとANAです。機内食などを、運航の最初からカットして来ました。が、「日本人らしくてこれもよいな」と思っていました。

しかしいま、ANAは黒字、JALは大赤字。経営的には、JALはとうとうつぶれてしまって、いま血税による資金援助で立ち直ろうとしているというのが現状です。

果してうまくいくでしょうか……。うまくいってほしいだけに、経営のプロとして本音を書こうと思います。というのは、現状では99％立ち直るのはむつかしいと思うからです。

私のよく知っている稲盛和夫さんがJALの会長になり、経営再建の第一線に立ちました。総指揮をとるとのことです。もうやっているようです。

彼は4月1日の新入社員入社式で「私を信じてついて来なさい。必ず再建できるから」と力強く訓示しています。一方、『週刊朝日』によりますと、彼の本音らしいのがそこには出ています。その一部を以下に紹介します（以下は『週刊朝日』2010年4月9日号から一部を転載したものです）。

＊

「JALの役員らは八百屋でも経営できないだろう」

それはさながら人間失格ならぬ、「会社失格」宣告だった。3月17日、稲盛氏がJAL会長就任後初の会見で語った言葉だ。

「毎日赤字を出しているのに、責任体制が明確になっていない。大学の経営工学のことは理解していても、商売人という感覚を持つ人があまりにも少ない。朝から市場へ行って、いくらで売って、夕方に余ったものをどうするか、という八百屋のおばちゃんでも持っている感覚がない」

話しぶりは柔らかだが、中身は痛烈だ。隣に座った生え抜きの大西賢社長の顔はこわばったままだった。

同日夜、内閣特別顧問でもある稲盛氏は東京・赤坂の日本料理店で鳩山由紀夫首相や菅直人財務相らと会食した。関係者によると、その席でもＪＡＬ執行部について次のように話したという。

「国内、国際線の路線別の採算、月々の損益が届くのに2カ月はかかる。こんなに時間がかかったら、経営判断が瞬時にできない」

ライバルの全日空（ＡＮＡ）では、伊東信一郎社長のもとに翌日に路線別収入が届けられているという。

稲盛氏といえば、社内を少人数のチームに分けて収益や生産性を競わせる「アメーバ経営」で知られるが、会見でＪＡＬにアメーバ経営を導入するかを問われると、こう苦笑した。

「まず、どの企業でもやっているような、当たり前に採算をとるやり方をやってみる。アメーバ経営のような高度な経営手法を適用するのは、あと2、3年は無理だろう」

ＪＡＬの経営体質そのものに重大な問題があることを、希代のカリスマ経営者が認めているのだ。2月1日の着任と同時期に経営陣も入れ替わったが、「一部に旧経営陣が残り、相変わらずの派閥人事の跡があるなど、一新されたとは言い難い」（航空関係者）。前社長の西松遥氏が、日航財団理事長になるなどの温情人事も指摘されている。

主力銀行からも「レッドカード」

幾多の企業をおこし、立て直してきた稲盛氏も今回は少し勝手が違うようだ。

稲盛氏をよく知る政治評論家の屋山太郎氏は心配する。

「ぼやく人ではない稲盛さんが、『まさかこんなことだったとは』と、周囲に漏らしているようなんです」

そもそもＪＡＬをどのような航空会社に再建するかについて、前原誠司・国交相らと意見が合わないのだという。

「国際線を売却してでも事業を縮小すべきだとする前原さんに、稲盛さんは納得しないらしい」（屋山氏）

一時的に事業規模を縮小して余剰施設や人員を削り、コスト構造を改善するのは企業再生の定石とされる。

にもかかわらず稲盛氏は、「路線別収支がよくわからないのに、規模を縮小すべきか、現在の状況の中で採算をとるべきかは決められない」

と会見で述べるなど、ＪＡＬの効率の悪い経営体質の中で身動きがとれないようなのだ。

混迷するＪＡＬ再建を見て、民間銀行は早くも再建から距離を置こうとしている。３月

26日、JAL再建を請け負う官民ファンド「企業再生支援機構」は、総額7100億円（簿価）の債権のうち、約1900億円分を融資していた銀行などから買い取ることを発表した。機構はその内訳を明らかにしなかったが、関係者らによると、そのうちの約1700億円分が、みずほ、三菱東京UFJ、三井住友の、JALを支えてきた主力メガバンク3行の大口債権だという。支援機構関係者が解説する。

「今回、機構は債権者に対して、再生計画に同意して引き続き債権を持ったまま弁済を受けるのか、それよりも先に機構に買い取ってもらうのか、選択を求めました。買い取りになると、5％割り引いた金額しか機構は払いません。引き続き支援する気なら、同意を選ぶのが自然でしょう」

にもかかわらず、ディスカウントを覚悟してまで買い取りを求めたのはなぜか。

メガバンク3行はそろって、

「個別の取引についてはお答えできません」

としているが、事情をよく知るメガバンク関係者が明かす。

「とにかく早く処理したい、という意思表示です。JAL再建の行方は極めて不透明で、このままズルズル付き合わされていては『主力銀行なんだから』と、また資金繰りに協力させられてしまう。もう今後はビタ一文、出したくない。さっさと縁を切りたいんです」

つまり、今回の買い取り申請は、3行がJAL再建に突きつけた「レッドカード」と言えそうなのだ（転載ここまで）。

＊

かつて私と親しい経営者に、カネボウグループの総帥だった伊藤淳二さんがいました。彼とは昭和40年代はじめから親しく付きあい、永年いろいろなことを教えてもらいました。よい友でした。

この伊藤さんがJAL会長を引きうけ、苦労の後に結果として失敗（？）しました。いま稲盛さんの顔と伊藤さんの顔が私には重なって見えて仕方がないのです。

週刊朝日の記事はほとんど正しい…ように思えてならないのです。

少し詳しく私の知っていることを述べましょう。日本の航空機の運営コストは世界一高いのです。それは経費が嵩《かさ》むようになっているからです。これはJALもANAもスカイマークも同様です。

まず公租公課が高いのです。飛行機の離発着ごとに空港に支払う使用料が世界中でダントツの高さで、韓国の空港に比べても3倍もします。さらに航空機燃料税などという変な税金があります（アメリカにも一部ありますが、世界中で他の国にはこれはありません）。飛行機燃料1KL当り2万6000円です。JALやANAの運航コストはシンガポール航空やキャセイの2倍強、マレーシアのエア・アジアの5倍に達しているのです。

それにこれから本格的に世界の航空会社と価格競争がはじまります。それが航空業界です。世界各国では、国がそれぞれ航空会社の補助をしていますが、日本にはなぜか一切ないと言っていいでしょう。

それだけでなく100もある日本の空港中、黒字空港は10くらいしかないのですが、そのような地方空港への政治的乗り入れも強制されがちです。日本は政治家と役人の多くがとんでもない人たちの変な国なのです。

さらにいままでのJALの経営陣は、まったく経営努力をしてこなかったようなのですが、そのツケをこれから払わされるでしょう。国内線でジャンボ機を飛ばしているのは、いまは日本くらいですが、羽田発着の飛行機は平均230席、ニューヨークでは100席くらいです。これ1つで分るでしょう。経費がまったくちがうのです。もちろん日本のほうがかかります。航空行政もなっていないと言えるのです。

そのうえJALには8つの労働組合があり、経営者から社員まで親方日の丸意識で何1つ経営努力をしてこなかったように私には見えます。たとえばJALは80年代に10年の長期為替予約を結びました。常識ではありえないことです。それだけで2300億円くらい（ジャンボ機10機分くらい）の損を出していますが、だれもその責任を取ろうとしないし、取っていません。個人的にはＪＡＬの役職員の大半はよい人でしょうが、経営的には問題な人が多いのです。

ともかく経営資源の人、物、金とも経営的にはどうにもならないほどムチャクチャな上、ＪＡＬをまだ食い物にしたい、経営の分らない政治家や役人が周囲にたくさんいる……こんなＪＡＬが簡単に経営内容がよくなるとは私には思えないのです。

稲盛さんは、以上の私でも知っているこんなことを知らなかったはずはないと思うのです。

私は経験上、経営者は政治や行政には関係しないほうがいいと考えます。本当は宗教にも余り深入りしないことです。とくに国に入る税金を当てにする経営などは、できればやらないことです。ゼネコンや専門農家はますます経営が苦しくなるのと同じことです。

しかし稲盛さんは小沢一郎さんと仲がよいようだとか、内閣特別顧問になったりで、これは私としてはかなり気になります。できればこういう人とは公的に付きあわないほうがよいように思います。

いま、ＪＡＬは「企業再生支援機構」という国がからむところのお金をバックに、再建計画を実行しようとしているのですが、これについて非常に気になることがあります。

それはＪＡＬに続き今年2月18日に会社更生法の適用を申請して経営破綻したＰＨＳ事

業をやってきたウィルコムも、企業再生支援機構に支援を受けることになったからです。この機構の第1番目の支援企業がJALで、2番目がウィルコムです。以下の理由で稲盛さんを政商という人も多くいます。

私は中小企業支援を目的とした企業再生支援機構がJALやウィルコム（負債総額2060億円）に資金を出すことには、正直言って大反対です。血税を、こんな大企業に注ぎこむべきではないと思います。それを必要とするトップが生命をかけている中小企業がどれだけあるか考えてみてください。

このウィルコムは稲盛さんがつくった会社なのです。この会社の前身はDDIポケットです。京セラが30％も株式を持ち、彼はこのウィルコムの取締役最高顧問でした。

やはり、だれもが知っているこのような事情があるだけに、稲盛さんには晩節を汚さないでほしいし、できれば高齢を理由に、早くJAL経営の適任者を探して仕事をゆずられ、JALの本格的再生を心がけてほしいと思えてならないのです。それが、いま一番大事なことのように思えます。

民主党というか、自民党も含めて日本の政治家たちは、99％経営というものを知らないように見えます。

役人は、もともと経営などのリスクをとりたくないから役人になった人たちの集団と考えればよいでしょう。彼らを当てにしたり頼るのは、経営者にとっては問題です。

（中略）

話は変りますが、日本国によい経営者が出てくることを、いまほど期待するときはありません。ともかく早く、若くてよい人が飛び出してほしいと思います。

4月23日に続いて今日も本当は書きたくないことを書きましたが、やむをえない経営のプロの私の本音です。

これでやめます。よい日本のためにみんな前向きでがんばろうではありませんか。まず経営を知りましょう。そうすれば必ずよくなると思います。

２０１０年4月26日発信

『久しぶりに感動した本「20世紀のファウスト」＝昭和天皇の行動』

私のＨＰの中に「日日是好日」というページがあります。

毎週火曜日に熱海本社勤務の私の秘書の相澤智子さんが、私や熱海のことを写真と文章で、発信しています。

よく読まれているようです。

ところで今年4月27日（火）の相澤さん発信の「日日是好日」の中に、満開の八重桜の下でニコニコしている私の写真が載りました。多分4月26日に写したものだと思います。その写真を見たのでしょう。「最近のHPの船井先生のお写真を見ると、本当にお元気になられたようですね。よかったですね。そこで私の会社の最近の発刊書を送ります。できればお読みください」というような文章とともに、成甲書房の田中亮介社長から分厚い本が3冊送られてきました。私宅へ届いたのは4月28日です。

田中さんは、独特の感性で本を創ります。結局たいていの本は経営的には黒字になるもようです。私もカリール・ジブラン著の〝THE PROPHET〟を『預言者』という題名で監訳して解説し、同社から1冊出しています。最近、いろんな人から『預言者』のことを聞きますので、多分、この本もペイするのでしょう。

さて田中社長の送ってくれた本は副島隆彦さんが監訳し解説した『バーナード・マドフ事件』（アダム・レボー著　吉村治彦訳、2010年4月25日刊）と、鬼塚英昭著『20世紀のファウスト』（上下2巻、いずれも2010年3月25日刊）で、3冊とも400ページ～700ページの大著でした。

ひまな時に読もうと思っていたのですが、4月29日は休日、よい陽気の晴れた日でした。まず午前中に副島さんの監訳書を読み、被害総額6兆円といわれる稀代の詐欺事件のこと、人がだまされる理由を納得しました。

そして午後から『20世紀のファウスト』（上下で約1400ページ）を読みはじめ、興味があったため夕方までに読み終えてしまいました。

20世紀の歴史が、すっきりアタマの中で整理できました。

しかし、同書で特に私が惹かれたのは、世界の黒い貴族たちの策略などでなく、日本の昭和天皇のことでした。

それ以外にルーズヴェルト大統領（第二次世界大戦時のアメリカ大統領）が、自らが操られていたのを知り、1945年4月12日に自殺したということや、ソ連参戦の裏情報などもこの本を読むと「そうかもしれない」と思いました。日本への1945年の原爆投下についても、「なるほど」と思って読みました。

さて、同書の下巻231ページから240ページには、昭和天皇がどんな人だったかが分るヒントがあります。その中のほんの一部だけ紹介します。

＊

天皇の密使松平康昌がダレスと朝鮮戦争の前に会談し、昭和天皇は直ちにダレスの申し出に賛意を示した。後にメッセージまでも提供した。ここで『ハリマンの山』の日本での準備工作が終了した。そして「ゴーサイン」をダレスが出した。
日本人は、昭和天皇は象徴天皇になって政治の表舞台から消えた、と今日でも思っている。しかし、ハリマンもダレスも、日本の最高権力者は国家元首の昭和天皇であると知っていたのである。今日においても外国の政治家たちはその点で同じように認識している。

1950年7月6日、朝鮮戦争勃発から十日が経っていた。シーボルト外交局長はマッカーサーに知らせず、もう一つの「天皇のメッセージ」を国務省に送った。

天皇に近い二つの消息筋が秘密であることを条件に私に知らせたのは、天皇がこのアメリカが取った速やかな措置〔アメリカの朝鮮戦争への参加〕に対して心からの感謝を示し、さらに日本政府がこれと同じ趣旨の公式声明を発表することを検討しているとほのめかしたことである。日本政府は占領されている立場上、朝鮮戦争に向こう見ずに介入できないと感じているようだ。でも可能なかぎりアメリカを支援するという純粋な気持ちは確実に持っていると述べている。シーボルトからのこの極秘文書を受け取ったアチソン国務長官は、在外のアメリカ公使館にこの「天皇のメッセージ」を送り、次なる一文を添えた。

日本の当局者たちは、心から朝鮮における米国の行動を支持しており、在日米政治顧問からの報告によると、天皇より、感謝の意を示すメッセージを受け取った。

「天皇のメッセージ」の中の、「日本政府がこれと同じ趣旨の公式声明を発表することを検討しているとほのめかしたことである」に注目してほしい。朝鮮戦争がはじまり、昭和天皇と吉田茂の関係が修復されていくのである。

昭和天皇は新しく誕生する軍隊に期待をかけた。ここには「平和天皇」の姿はない。昭和天皇はマッカーサーを動かした。勿論、吉田茂を説得した上でである。一千名の皇宮警察で「千代田城」(皇居)を守らせ、外堀をアメリカの軍隊と日本の警察に守らせることにした。どうしてか? 昭和天皇は反朝鮮戦争の運動が盛り上がったときには、日本の永久基地化を国民の前で宣言する決心をしていたことは間違いのないことだ。そのために万全を期すことにしたのである。それが「アメリカに対する感謝の気持ちの表明」であったのだ。ここに、かつての「朕の戦争」を指揮した大元帥陛下の天皇が甦った。憲法九条の精神を昭和天皇は自ら踏みにじった。

かくて警察予備隊が誕生していった。昭和天皇は吉田茂に、警察予備隊の総隊総監のポストは宮内庁次官で側近の林敬三(元鳥取県知事)を任命せよと言った。吉田茂は受けた。

日本人は知らねばならない。朝鮮戦争が勃発して以降、日本の軍隊の実質的最高権威者は昭和天皇であったことを。

「天皇のメッセージ」の最後の文章にこのことが書かれている。

「でも可能な限り米国を支援するという純粋な気持ちは確実に持っていると述べている」

「天皇はラジオ放送にかじりつき、朝鮮戦争中には終日熱中していた」と、当時の宮中人は語っている。

昭和天皇は、朝鮮半島でのこの戦争が日本の講和条約締結と深く結びついていることを知り尽くしていた。一日も早くマッカーサーの支配から脱したかったのである。そのために、朝鮮戦争を仕掛けたハリマン、アチソン、ダレスたちに「心からの感謝を示した」のである（転載ここまで）。

＊

1950年時点から終生、昭和天皇はいろんなことを知り、アタマのよい、ものごとをマクロに判断できた、すばらしい日本の元首だったようです。

ともかくこの本は、20世紀をあぶり出してくれます。書かれていることが真実か否かは読者が自分で判断する必要はあるとしても、定価の上下巻で4600円は決して高くないと思います。私は私なりに、1900年代の世界や日本をすっきり理解できました。

2010年5月17日発信

(2)『先週の「びっくり」』より

『「聖書の暗号」は、お見通しだった』

今月28日刊で徳間書店より伊達巌著、船井幸雄解説・推薦の『「聖書の暗号」は知っていた』という本が出版されます。

先週、この本の「序文・解説・推薦に代えて」という文章を書き、出版社に渡しましたが、以下はその冒頭の文章です。

序文・解説・推薦に代えて

私の周辺ではいま、聖書の暗号がちょっとしたブームになっています。

はじめからそうだったわけではありません。

たとえば、昨年5月、ある講演会で「聖書の暗号は信用できる」という話をしたところ、200人余の聴衆の全員がびっくりした顔になったのにびっくりしたくらいです。

なぜ私が聖書の暗号に興味を持ったのか、その経緯については『二つの真実』（2009年7月17日　ビジネス社刊）という本に次ぎのように書きました。

＊

2008年2月、私は中矢伸一さんと共著『いま人に聞かせたい神さまの言葉』（2008年3月31日、徳間書店刊）の原稿を執筆していました。

その時、徳間書店の担当者から「船井先生や中矢さんのことが〃聖書の暗号〃から出てきましたよ。先生は経営の専門家と出ていますし、中矢さんは、日月神示を世の中に伝える人……となっています。これを解読したのが、伊達巌さん（この本の著者）です」と教えられたのです。

私は、その時まで『聖書の暗号』についても、伊達さんのことも、まったく知りませんでした。ともかく伊達さんが解読した資料の中の私と中矢さんに関するものの一部を同書のグラビアページに掲載しましたが、これは、かなりの反響がありました。

3000年以上前に書かれた旧約聖書の中から、これらのことがメッセージとして出てきたということですから、本当にびっくりさせられました。何千年もの昔から、21世紀のいま、私が「船井幸雄」として存在することや、生まれる年月日から、行うことまで決まっていた……というわけですから、まず「本当かな?」と思いました。しかし興味も出ました。

そこで一応調べました。その概要は、同書の501ページから502ページにかけてと、509ページから517ページにわたって、要点だけは私なりに解説しておきました。

ともかく、「聖書の暗号のメッセージ」は肯定も否定もできないように思いましたが、それにのめりこむほどでもない……と一応の結論をつけて、アタマのどこかに残しておくくらいの存在としてとどめておきました（転載ここまで）。

＊

しかし昨年2月のはじめにIT会社社長のIさんという聖書の暗号研究家から、私のことが「聖書の暗号」中に「何カ所も出てきますよ」と言われ、多くの資料を送ってもらい、その後3カ月ほど、私なりに徹底的に調べました。そしてびっくりし、肯定して、その理由を考え、対処法を考えて書いたのが『二つの真実』という著書です。

ともかく、私は昨年5月ごろより、「聖書の暗号」は肯定せざるを得ない……と思ってきました。疑問をお持ちの方のお気持ちは分りますが、よろしければぜひ、拙著『二つの真実』と、今回出る伊達さんの新著をお読みください。

ところで、伊達さんのこの本の原稿をチェックしていて、やはり私の考え方がほとんどまちがいないことも再度確認することになりました。再びびっくりしています。

それにしても、いままでのわれわれすべての人間の生没年月日や生涯に起こることが何千年も前から決められていて、それが暗号として旧約聖書内にあった…ということに、先週はあらためてびっくりしたのです。

伊達さんの本に書かれていることは、もうすぐ書店店頭に並ぶ同書を見てもらえれば分りますが、『「聖書の暗号」は知っていた』の中で、私の知識ではまだはっきり断定して言えませんが、大事だと思ったのは次ぎのようなことです。

---

①「聖書」は高次元の存在より、現代人に今後のこと、いままでの真実、そして「正しい生き方」を教えるために「暗号」を内在したものとして書かれたようです（この「聖書」というのは旧約聖書の「モーセ五書」のことです）。

② すべての真実が出てくる可能性もある（私の研究では1995年末くらいまでは暗号として書かれていることはほぼ100％正しかったようです。いまも99％以上正しいよ

うです）。

③　われわれ地球人類は、ここ何万年か「闇の存在」に支配されてきたようです。その闇の存在は、「フリーメーソン」や「お金」を使って支配してきたようです。

④　最近の世界の支配者は「フリーメーソン、イルミナティ、ロスチャイルド」などであるようです。「ロックフェラー」の名前も出てきます。

⑤　アメリカは、この「闇の勢力」によってつくられた国家であるようです。

⑥　9・11事件は、アメリカ政府の自作自演と言ってよさそうだと読めます。

⑦　ブッシュはもとより、オバマも彼らにより操られているようです。

⑧　第一次と第二次世界大戦、日本の戦争と敗戦、明治維新らも、彼らによって演出されたものであるようです。

⑨　日本人が「聖書の暗号」を正しく読み解くようです。「日月神示」は大事な神示のように読めます。

⑩　いまのところ、生物兵器（エイズ、サーズ、新型インフルエンザなど）も最近の世界の支配者によって開発されたようだと読めるように思います。

私は1人の人間として、こういうことは信じたくないので、あらためてびっくりしたのですが、同書をお読みになり、皆さま方自身でご判断ください。

とはいえ、拙著『二つの真実』に書きましたように、世の中は、よいほうへやはり急速に大変化しそうです。というより、すでに変化しているようです。「闇の勢力」の力は、まもなく消えてしまいそうに私は判断しています。

ともかく「聖書の暗号」は、大事なことのほとんどをお見とおしのようで、われわれは人として生きてきたのですが、「生かされてきた」ともいえそうです。

リンカーンやケネディが殺された理由や日露戦争や、ソ連が誕生した理由、さらにサブプライム事件の真相など、楽しくはありませんが一貫した流れとして同書の記述からは判断できますし、これからの生き方も、はっきり分ります。ぜひお読みください。

なお、「聖書の暗号」関係の本では、7月ころに前記ＩＴ会社社長の著作が、発刊されるはずですので、いよいよ歴史の真実などがはっきりするように思います。上手に活かしたいものです。

２０１０年2月12日発信

『一致する近未来予測。気をつけよう』


最近はなぜか私の言うことがよく当ります。

5月4日に、ある会合で「このまま行くと7月の参院選挙で与党は惨敗するでしょう。それを避ける方法は小沢さんが辞め、ついでに鳩山さんも辞めることですね。それでも参院は少数与党となり、ねじれ国会になる可能性が高いでしょう」と言ったのですが、鳩山さん、小沢さんが第一線から身を引きました。

このようなことは、ここ3年くらいは九十数％以上の確率で起きています。

だから、予測を人さまに言うのは本音100%を話す目的の「船井塾」だけにしようか…と思っています。それも不吉なことは考えないし、言わないようにしようと、いま考えています。

ところで、私のところには、私がまだ半病人で充分に話しづらいのですが、フシギな能力の人がよく見えます。

5月下旬に、私と親しい中矢伸一さんがあるマーケティング学者と見えました。元来、大学で教えていた人ですが、「1985年ころから突然、神々の声が聞こえ出し、毎日連絡が来る。彼らの言うように世の中が動いているから」という人でした。

人相もよいし、神がかり的なところのまったく見えない、私より少し若い人で、人格もすばらしい紳士でした。

この方は「日本人がしっかりすれば、近々、よい世の中になれます」などと、神々のコトバを1時間くらい、ていねいに教えてくれました。

また、「聖書の暗号」の研究家のイオン・アルゲインさん（ペンネーム）が、7月に本を出すので…と原稿を持って、最近になって解明したことを教えに来てくれました。かなりびっくりすることがありました。

私は「聖書の暗号」と、そこに示されている「日月神示」を未来予測の参考にしていますが、ともに同じような予測です。

さらに今月末、徳間書店から出る高島康司さんの未来予測書『未来予測　コルマンインデックスで見えた日本と経済はこうなる』は、私が序文を書き、推薦・解説をたのまれたので全文を読みましたが、同意見が書かれていました。

ともかく余りにもみんな一致するので、びっくりしています。

答えは5月末に私が出した『2020年ごろまでに世の中大転換する』という標題のとおりです。それは2～3年前からはじまっているらしいのですが、まず今年7月に大変化の兆しがあり、2011年末から2013～2014年にかけて、それがよりはっきりし、2014年～2020年に180度近く世の中が変り、「よい世の中」になるだろう…という点で、みんな一致しているのです。

以下に高島さんの6月末に出る本の概要を紹介します。

＊

未来予測　コルマンインデックスで見えた日本と経済はこうなる

船井幸雄　［序文・推薦・解説］

高島康司　［著］

信頼できる6つの長期サイクル予測の手法
（1）ウォーラスティンの資本主義の長期傾向
（2）フランスのシンクタンク、LEAP／E2020の長期予測
（3）コンピュータの言語解析、ウェブボットのプロジェクト
（4）サイクル研究所のサイクル理論
（5）黒点周期と社会変動の相関関係
（6）マヤカレンダーのコルマンインデックスから導き出した近未来社会――大恐慌、金融クラッシュは平常心でやりすごしてよい。なぜか？　われわれが向かう先は本書に示された「新経済圏の構築」にあるから――である！（転載ここまで）

＊

これらについての私の意見はさしひかえますが、現状の常識ではありえないことを多くの識者が言っています。

読者なりに真剣にそれらの人々の意見を聞き、対処策を考えてみてください。

私は「良心」と「真の自然の理」にしたがって生きておれば、何があっても大丈夫だと思っていますが、最近の世の中は変化が激しすぎますし、何が起きるか分らないようなことがよく起こっていますから、充分に気をつけましょう。

以上、ともに非常に影響を与えたと思えるホームページの文章です。2010年8月5日時点で、「聖書の暗号」の解読がさらに進み、新しいことが分って来ました。時々刻々、真実が分ります。すばらしい時代です。本音を言えば、ちょっと怖い時代でもあります。やはりホームページ上の文章は一般に信用できないことが多いと定評があります。だから私は逆に50％くらいは、本音を書けるのだとも思っています。ぜひご注目ください。

2010年6月18日発信

5　47年余も辛苦をともにした家内を大事にしたいと思っているのだが、まったくというほどできていない

私が家内と結婚したのは1963年4月25日でした。ともかく9歳も若い、かわいい美女でした。よく嫁に来てくれたものだと、それだけでいまも感謝しています。

早いもので、その後47年有余が経ちました。

いろんなことがありました。これはどこの夫婦でも同じだと思います。

ただ、私が他人の男性とちがったのは、仕事が忙しくて、ほとんど家にいなかったことです。

結婚した当初から家計は委《まか》せっぱなし、子供や母のことも委せっぱなし……ともかく家庭内のことは100%家内委せにしてしまったのです。

子供の学校に行ったことも、子供と遊んだことも皆無に近く、家内と旅行に行ったことなどもほとんどありません。

70歳で船井総研を辞めた理由の1つは「これから家内孝行をやろう」と思ったことがあるのですが、あいにく74歳からの病気で、逆に本当に世話になっています。

事実上、家内のつくってくれるものしか、ここ3年はノドを通らなくなったからです。

それでも、世の中のルールから考えますと、必ず「お返しはできるはずだ」と信じているのですが……今生中に恩返ししたいものです。

私は家内に、仕事のことはほとんど話したことはありませんでした。

家を出ると男には「10人の敵がいる」などのことを知らせたくなかったからです。

それでも深夜に脅迫電話がかかってきたり、いまでも歓迎せざる人が時折は自宅まで押しかけてきます。手紙は家内が先に読んでおいてくれます。脅迫状も来るようです。2人の間に秘密はほとんどありません。

そのため彼女は徐々に世間のいろんなことを知ったようで、いまではいうならば私の最高の秘書でもあります。

私が家内にしたよいことと言えば、絶対に行方不明にならなかったことと、よく電話をしたことくらいです。女性問題で悩ませたことはないと思っています。貧乏な時代もありましたが、結婚当初を除いて、金銭問題でもあまり悩ませなかったと思っています。ともかく家内がいなかったら、いまの私はありえない……のはまちがいないことです。

心から感謝しています。

しかし、家内に対してくらい、このようにしてあげたい……と思って、ほとんど何もできなかったことも珍しいのです。

今後に期待していますが「いまさら遅いですよ」と家内から言われ、「なにくそ」と思い、一日も早く元気になろうと反発しています。

もう一度元気になれるような気がするのです。

そのうち、少し元気になり、一緒に食事にでも行けるようになれば、『夫婦論』でも書きたいな…と思い、実現可能な夢だからがんばろうと期待しています。

本音と世評（私が家内を大事にしてきたし、しているという世評）が、いまのところ、このくらいちがうのも珍しく、「必ず一致させるぞ」と考えていることを宣言し、本章を終えます。

これ以上書くと家内から叱られそうです。体調がよくなく、自宅に多くおり、さらに家内といることが多いので、病人を抱えた専業主婦の気持ちがいまはよく分ります。

付 「プロ」のみる「世界経済の実態」＝資本主義は維持できないだろう

さてここで、私の本音の経済観を書きます。簡単ではありますが、経済と経営のプロとしての本音です。

ここ10年でということですが、２０００年に比べますと、日本の株価は半額くらいに下りました。

不動産も、給料などの収入もじりじりと下っています。

物価も少しずつですが下っています。日本はこのように見ると完全なデフレで、かつて世界第2位の経済大国で、１人当りのＧＤＰもトップクラスだったのがウソのようです。

その中で金（ゴールド）だけが5倍くらいになりました。10年前は１トロイオンスが２５０ドル強でしたが、いまは１２５０ドル以上になりました。面白いものですね。

私はいま為替や株、商品相場などとは、一切無縁になってしまいました。このような汗水を流さない金融ゲームにつきましては、2007年来は個人としては完全にやめたからです。

しかし、というよりだからこそでしょうが、現実の世界の経済情勢がじつによく分ります。

それは各国の通貨発行額や財政状況を、さっと見るだけでも大体つかめます。

いま、ギリシャが大変です。スペイン、ポルトガル、イタリアなども大変だと思います。実際に国家破綻しそうな状況です。

ともにEU加盟国ですから、それらの破綻を回避するために、ユーロ圏として90兆円の基金を準備したから大丈夫だ…と一般には信じられています。

しかし本当は90兆円を保証する財政なんて、ユーロ圏にはないはずです。

ということは2～3年先に、ユーロ圏もEUも、変にならざるをえないということになりそうです。

もっと分りやすく言いますと、世界のGDPは約5000兆円です。それに対していまは3～5倍のお金が金融市場で動いています。

本来はGDPが5000兆円なら、金融マーケットで5000兆円前後以上動かさないのが安全ですが、2京円くらいは動いています。1京円をこえると危険ですね。

それ以外にデリバティブという、どうにもならない損失になったはずのお金が5京円近くあるはずで、やがて表に出てくるでしょう。

ということは、その時に「資本主義はつぶれざるを得ない」ということになります。

各国の中央銀行が紙幣をどうして刷りまくらなければならないか…も、このように考えるとよく分ります。

しかし、これは完全に一時しのぎで、根本的原因の解決にはまったくなりません。

G8やG20で、政治家たちがどんなことを言っても、マクロには金融恐慌に昨年から世界は入ってしまいました。やがて産業恐慌になり、生活恐慌になり、2020年ごろまでに常識的には、資本主義が変質し、世の中は様変わりを避けられないでしょう。

いま、このようなマクロな見方のできる人は、日本では朝倉慶さん、副島隆彦さん、ベンジャミン・フルフォードさんなどです。それに藤原直哉さん、松藤民輔さんらです。

彼らの著書やホームページにできればご注目ください。

みんな若いし、現役です。少しずつ見方はちがいますが、大局を正しくつかんでいる人たちです。

私のように達観したことを言わないので、希望を持って彼らの言も勉強してください。

『ザ・フナイ』や私のホームページの朝倉慶さんによる定期的な解説などを、ぜひお読みください。すると中国ブームと浮かれるのも、こわくなります。また世界的に超インフレの可能性も大ありです。FRBもドルも信用できないし、日本人は「合法的」に、まだまだ損をさせられるでしょう。

いずれにしても、いまのままで資本主義が続くとは思えません。常識的にはびっくりするような変化が近々来るでしょう。覇権国候補と言われるいまのアメリカや中国は、国民に「われよし的生き方」、いわゆる1人ゲームというか我執が沁みこみすぎています。人間としてのバランスが欠けていますので、これでは世界経済が持たなくなります。ともにこれからの覇権国になるのは無理でしょう。同時に「GDP信仰」も崩れるでしょう。

いまは日本とスイスがもっとも安全です。将来は日本がより安全でしょう。マネーゲームが下手な日本人が一番良心的で、本音で生きているからです。

これからは良心にしたがって、ぜひ正しく生きましょう。

第3章

「本当（本音）の自分」に思うこと

本章ではできるか否かは別として、自分を思いきって100%近くあけっぱなし人間にしようと思っています。

今日は2010年の7月中旬ですが、ホームページ（船井幸雄.com）用に、次ぎのような原稿を書きました。今月のどこかの金曜日にのせる予定です。『先週の「びっくり」より』のページ用で、「秘書まかせ」という題名の文章にする予定です。

少し長いのですが、お読みください。100%本音の文章です。本章ではこのように、できればすべてを本音で書こうと思っています。自分でも楽しみです。

最近、多くの人にお目にかかりました。その中で一番多かったご質問は、「鳩山さんも小沢さんも、秘書まかせでお金のことは詳しくは分らない」とのことですが、そんなものですかね…ということでした。これは、ここ1カ月くらいはどこでも出る質問です。

「本人がそう言っているのだから、そうなのでしょう」と答えると、「経営者ならどうでしょうか」という再質問が何人かから出て来ました。

「さあ、どんな人でも経営者なら、自分の会社のお金の動きについては大体のことは知っているでしょうね」というのが私の答でした。

たとえば、私は船井総研を創業してから社長を辞めるまで（1970年〜1990年の20年間）、社長印や預金通帳やお金の出し入れなどは経理担当者まかせで、一度も社長印（代表印）を自分で押したことはありませんでした。

しかし、預金がどの銀行にいくらあり、借入金がいくらあるのか。いま現金はどれくらいあるか。1カ月ごとの貸借対照表と損益計算書のあらましは知っていました。

それを知らないと社長業などできないからです。

これらは従業員が家族だけの零細企業の経営者から、たぶん1部上場企業のトップまでの常識で、99％以上の人は大体のことは知っているはずだ…と思います。

それゆえ、鳩山さんや小沢さんの「秘書まかせだったからお金のことは分らない」という説明を聞くと、政治家というのは何と気楽で無責任な仕事だな…と思います。だから2世、3世議員が次々と出て来るのかもしれませんが、いずれにしても最近の「超びっくり」でした。

と同時に、政治家が世界の経済情勢をマクロにほとんどつかんでいないと思えることにもびっくりしていますが、本当はつかんでおり知っていても、立場や選挙の都合で言えないのかもしれません。自分の「お金」についてもそうでしょう。

経済的な本音の見とおしにつきましては、7月26日のこのホームページ上で私の意見をマクロに簡単に書こうと思っています。

私のような経営者や経営コンサルタントを永年やってきた者には、経済のことはマクロにはあんがいよく分るものなのです。大体、予測も当ります。そうでないと仕事にならないからです。

読者も新聞情報は情報として、真実を見る目を養ってください。

とくに経営者の方はよろしくお願いいたします。

1　自由が何よりも好き、人の下には立てない。気に入らない命令や脅しにはとことん闘うクセがある

古い話で恐縮ですが、戦争中は不自由でした。

日本の軍隊では、「上官の命令は朕《ちん》の命令と思え」ということで、朕（天皇が自分のことを朕と言います）＝天皇さんは神聖で絶対でしたから、上官（上司）の命令には、一切

背くことも抵抗することも許されませんでした。一般人もほぼ同じで、上司や先輩にはどんな無理を言われても、服従しなければならなかったのです。

このような時代を、小中学生としてすごしましたので、昭和天皇は嫌いではなく、個人としての天皇には好意を持っていましたが、天皇制はどうしても好きになれませんでした。読者の中には朕というコトバを知らない人も多いでしょう。

今も天皇制は好きではありません。ともかく1945年8月15日までは、朕の名のもとで人間性も良心も完全に無視された時代でしたし、その中で多感な少年時代を送ったからです。

それゆえでしょうか。「自由」について、また「本音」と「たてまえ」について真剣に、中学生になったころから何十年も考えてきました。だれの良心も、生まれたときから良心的であることと自由であることを、何よりも求めてきたように思えるからです。

50歳ころには「良心」と「本音」についての自分なりの結論を得るようになりましたが、戦争中はいつも、本音などまったく言えない状態だったことを思い出します。常識的に法と秩序が守れ、他人に迷惑をおよぼさないだけの良識ができている人には「自由」が何よりも大事だ…といまは思っています。また、「本音」で生きることができればできるほどよいということも、いまは分るようになりました。幼少時からの考え方は正しかったようです。でも、当時はそれがまったくできない時代だったのです。

とはいえ、小学生のころから時流に反して何よりも自由と本音で生きたいと思っていた人間でしたので、折あればそれを行動に移したがった少年のようでした。たとえば戦争遊びや軍事教練は大きらいでした。

それゆえ、いろいろ困ったことがありました。両親も大変だったと思い、申しわけなく感じています。したがいまして、つい良心をマヒさせ、ウソをついて生きることが上手になりました。それは小学校高学年のころからですが、そうしなければ、みんなからはじき出され、人並みな生活のできなかった時代だったのです。

そのため、小学校時代から、「何が朕は正しいのだ、絶対なのだ」と、当時としては天皇に対してとんでもない思いをしたことがたびたびあります。

幸い学校の成績はよいほうだったし、運動神経もよいほうでした。うまくカモフラージュして戦争ごっこや銃剣術などに参加してきましたので「いじめ」にもあってはおりません。しかしまともに考えれば考えるほど、疑問だらけの日々でした。

ウソもそれなりにうまくなりました。先生に言われ大人に言われ、心ないこともかなり平気で言えるようになりました。たとえば日本人はとくに優れている、アメリカ人はもとより中国人や他国の人よりはよいところが多くある…などのことです。

それでも、少しまじめに考えますと「天皇は現人神《アラヒトガミ》だ」「日本は絶対に戦争に負けない」などというのは、普通の人間の常識では変なことで、「そんなバカなことがあるものか」と、すぐに思いたがる当時ではまったくの非国民だったのです。

百姓仕事が忙しかったので、少年時代は稲や麦、つばめや蛙たちと、よく無言の語らいをしたものです。百姓仕事は大きらいでしたが、動植物は人間の気持ちを分ってはくれないまでも本音を言えるので、それなりになぐさめられました。

いまもそうですが、私は幼児のころから、人を差別するということができなかったのです。中学生になると戦争が終り、日本もかなり自由になりました。戦争中が不自由だったゆえに、占領下の不自由さは、農民や中学生だった私にとってまったく気にならない、すばらしく自由な世界でした。

中学3年生くらいから女性への恋心が芽生え、そちらに興味が移り、戦争中の不自由だったころのことをほとんど思わなくなりましたが、そのかわり「人に命令されること」「人の下に立たされること」が、いやでいやで仕方のない自分の特性をはっきり知るようになりました。当時とすれば、変った子供だったようです。いまから思うと「すなお」でない子供（?・）だったと思います。ともかく戦争中は表向きは、日本人のほぼ全員が狂っていたのだと思います。

私はカラダは小さいのですが「ケンカ好きな性格だ」ということも、他人と比べて知りました。負けん気が強かったのです。とくに、チビだと思って売られたケンカは絶対に買うし、チビでも死ぬ気になってケンカをすれば、負けないことを知りました。

このようにふりかえってみますと、私は幼少時から他の人とはかなりちがう、変った特性を持っていたようです。

中学から大学を出るまでの間にもっとも勉強したことは、他の人とちがい、英語や数学などではありません。

農業が半分本業のようでしたし、大学では農林経済学を専攻しましたが、それらについても実際上はほとんど学びませんでした。折に触れて、興味のあることを図書館などで調べていました。

私がもっとも興味があったのは、戦略、戦争、闘い方、ケンカの仕方などでした。

戦争の悲惨さを充分知っていたのに、こんなことばかりに興味を惹かれ、時間があれば、その種の本を読み勉強していたのです。矛盾していますね。でも事実です。その点でも変った人間だったようです。あとSFが好きでした。

こうして勉強したことは、その後、経営コンサルタントとして実務上で非常に役立ちました。しかし50歳くらいからは、仕事上では競争やケンカと無縁になり、個人的にも60歳くらいからは縁がなくなりました。しかし若いころ学んだケンカや闘い方のコツは忘れないものです。

いつのまにか「ケンカの船井」が「仏の船井」と言われるようになりましたが、いまでも脅されたり、ケンカを売られたりすると、つい昔のクセが出そうになってケンカをしたくなり、1年に数回は反省することがあります。

いまでも気に入らないことはどうしても許せないし、それを心からできない人間というか、やはり、ちょっと変な特性を持った人間のようです。

早く、ケンカや戦争は「負けるが勝ち」「絶対にしないのが正しい」と心底から思いたいのですが、「クセ」というのは消しにくいものです。笑い話にもなりませんが、こんなことで、いまも時々悩んでいます。本音は、大きなケンカや戦争が好きで、まだそれらに強い興味があるのかも知れません。

2　バクチやゼロサムゲームは大嫌い。株や為替には一切手を出したくない

私は職業柄、経済予測が得意なほうです。たぶん、第2章の付項のマクロの予測もそんなに外れないと思います。

もちろん、株式、為替、金利、債券、商品相場などのこともよく知っていますし、その面における「超プロ」の友人もたくさんいます。だからこれからどうなるかが分ります。いまも世界中から、この種の情報が毎日飛びこんで来ます。それに20年ほど前には3、4年間くらいですが、自分でも投資や投機などを手がけたことがあります。

儲けたり、損をしたりでしたが、結局、多くの人と同じように資本が少なく、エゴが出ますので損のほうが多かったのはまちがいありません。いつの間にかバカらしくなり、一切やめました。

これらは確率的にも、個人では損をするのが確かなことだと気づきましたし、いつの間にかこれら投機（一種のバクチ）や金融ゲーム（ゼロサムゲームが普通です）が世のため

にムダなことだと確信し、嫌いになり、それらから完全に手を引いてしまいました。

株価一つをとりましても、小さな統計値一つで上下します。雇用率が上ったとか下ったとか、金利がどうとか、戦争が起こりそうだとか、一国のトップが「どのような発言をしたか」など、目先のことで日々変化します。ミクロすぎて性に合いません。

さらに金融は我執の世界、それも目先中心の儲け中心の世界です。担当する人が費やす時間も、マクロに考えるとほとんどムダです。

これらは自然の理に反しますし、実際の世の中の全体から考えると、プラスの動きにはほとんどなりません。というより、マイナスのほうが、はるかに大きいと考えられます。

大人が、喜んだり悲しんだり、また力を入れることではないと思えるのです。

こんなことを言いますと、証券会社や日本経済新聞社がつぶれてしまいそうですが、「それでもよい、世の中から金融ゲームやゼロサムゲームは消えたほうがよい」と、真剣に思うようになりました。

かつて私はラスベガスやモナコにも、何度か足を運びました。

１９６０年代から１９８０年代にかけてのことですが、行くたびに、急速に賭けごとが嫌になりました。そこに来ている人々の気持ちが嫌になり、そこが「ケガレチ（穢れた土地）」に思えて仕方がなくなったのです。

とうとう80年代後半には、賭博場のある地には足を踏み入れなくなってしまいました。

とは言え、賭博の好きな人をアタマから否定しているわけではありません。人は、それぞれ多様な趣味を持っています。「世の中にマイナスをおよぼさない範囲」で、自由に好きなことをすればよい、と思っています。自分がやりたくなくなっただけだと、理解してください。

ちなみに私にとりましては、船井総研の株式上場は、一種の賭博のようなものでした。それに気がついた1990年以降、よほど特別な場合を除いて、また安全性を確認してからでないと顧問先には株式上場を奨めなくなったくらいです。そうは言いましても自分で株式上場を経験しましたし、何十社かの上場コンサルティングはやりましたから、株式上場については詳しいほうです。表も裏もよく知っています。

しかし本音は、「できれば、よほどのことがないかぎり、また世のため人のためになると言えないかぎり、株式上場などはやめたほうがよい」と思っています。

今日は2010年7月中旬ですが、株価や為替についての「超プロ」で、いままでのこれらの予測の当る確率が99%という朝倉慶さんが、今月のはじめに以下のようなお手紙をくれました。

要点だけを示します。過去10年、世界で一番、目先の経済について先が読めた人でも、いまは外れるような時代になったようです。

船井幸雄様

２０１０．７．２
朝倉慶

相場が何やら怪しい雰囲気になってきて、船井先生や中矢さんのご指摘のとおり7月は非常に危ない感じが漂ってきましたね。私は6月は大きく戻すと思っていましたが、外れました。プロ的な考えですとニューヨークをはじめ、今回の世界、日本の株価の動きは極めて悪く、大幅安の懸念が急激に高まってきています。もう先月、日本株が９４００円を割れた時点で、株はダメだな、という結論ですね。

今年は本当に相場には苦悩です。動きが読みづらく、ご期待に添えるような相場の読みはできないかもしれませんが、引き続き自分の思ったことや情報に関しては報告させていただきますので、よろしくお願いいたします。

また経済ジャーナリストの増田俊男さんも、7月2日の彼のレポート『ここ一番!』で、おおむね次のように書いています。


今週は年初来安値を何度も更新しました。

「今週は上がる」と言った私の予想は「大外れ」に終わりました。

最近の何カ年かでこれほど大きく予想が狂ったのは今回が初めてです。

今まで予想が1、2週間早すぎたり、遅すぎたりしたことはありましたが、「上げ下げのトレンド」に狂いはなかったのです。

したがって私は今なお、「株式相場は7月中旬から本格的に上げトレンドになる」と考えています。


これらを読むと、経済予測というか株価予測は、やはり怖いですね。その道の「超プロ」と言われている人でも、最近は分からなくなってきたようです。やはり私のように、興味はあっても一切手を出さないのが、正しいのではないでしょうか?

未来のことはよく分らないものです。だから予測は公表しないほうがよさそうです。過去は、それがあるから現在があります。できれば、これも必要なこと以外は、公表しないのがよいのでしょうね。

こういうことを最近は、本音でよく思います。

3　働くのは大好きだ。忙しく働いてきたが、私の周辺の人たちが幸せだっただろうか？

ここ何十年か、人さまに対しては「働くのはよいことだ。しっかり働きなさい」と言ってきました。

事実、私は小学校3年生くらいから農業の手伝いをして、子供なりによく働いてきましたし、社会人になってから２００７年3月に病気をするまでは、文字どおり、年中無休で働き続けてきました。

それで満足でしたから、自分の実感からこれらのことは言ってきたことなのです。

２００７年3月に病気になってからも、7月に東大病院で「すぐ心臓の手術をしなさい」

と言われても、カラダが動かなくなる同年10月まではほぼ1人前に働いていました。

カラダが半人前になって話せなくなった２００７年10月以降も、そしていまも、何だかんだ言いながら、まだ働いています。働くのがよほど好きなのでしょう。

家内から「すべてをやめてゆっくりとしたら」と、1年ほど前から言われていますが、原稿を書いたり、たまに調子のよいときは講演をしたりと、どうも私は働くことへの未練がありすぎるようです。

というより、働くこと以外の趣味というかできることは、「学ぶこと」と「考えること」くらいしかないようなのです。ベッドに横になっているのも好きではありません。眠る時間でさえ、少なくともよいようです。

おかげで最近はよく本を読みますし、1日に20分間くらいしかパソコンの前に坐らないようにしよう（パソコンの情報は、ええかげんなのが多いし、電磁波の悪影響もありそうです）と決めていたのですが、ときには1日に1時間くらい、パソコンを眺めている日も出てきました。

普通の人のように携帯電話は持っていますが、私の場合は公衆電話の代りに活用しているので、こちらから電話したいときしか電源を入れません。メールとか返事で、電話に時間を取られることはほとんどありません。

よく人さまから、「そんなに体調が悪く、口内が痛く、まともにしゃべることも食べることもできないし、趣味である働くこともできないのに、何が楽しみで生きているんですか？」と、最近は本音で言われることが増えてきました。たしかにそのとおりなので、苦笑しています。役割が終われば、そのうち「あの世」から迎えが来るでしょう。心臓の手術をしなかったときから、死は特別、怖くありません。

自分でも「そうだな」と思いますが、人はそんなに簡単に死ねるものでもありません。それにせっかく人として生まれてきたのですから、精いっぱい、生きていきたいと思っています。

たとえば本書のように、原稿も書ける間は書き、ときにはできる範囲で人さまの相談にも乗って行きたい、と考えています。

それと同時に、早く病気を克服して、自分も家内も喜ばせたいと思っています。

私のことを心配してくれる、いつも近くにいる人たちをまず安心させたい……これが、いま一番大事なことだなと、深く感じております。

いまもわずかながら働いていますが、ともかく、これまでよく働いてきました。

しかし、それによって周囲の人、とくに家内や家族や秘書の人たちに「幸せ」をもたらしてきたのかと考えてみますと、正直なところ疑問です。

もっと、幸せにする方法はあったようにも思います。

こんなことで悩むとは、病気になるまでは考えたこともなかったのですが、これも貴重な経験です。

ちなみにお医者さんも、なかなか親身になって対処法を教えてくれないものだなと、時々は思いますが、病気というのはその苦しみや痛みがなった人にしか分からないものですから、これは当然のことですね。

そのため、自然と自分で患《わずら》った病気のことには詳しくなりました。それらの勉強をかなりしたからです。働くことが好きだというのは、勉強することも好きだということに通じるようです。勉強するというのは、知らないことを知るということです。効率よく働くためには、勉強しなければならないからです。そして必死に考えます。

病気になって、かえって勉強しましたし、いろんなことを知りました。

一例をあげましょう。

船井本社の出している会報誌に、月刊『にんげんクラブ』というのがあります。まじめな「有意の人」たちの勉強クラブです。同誌の2010年7月号を読んでいますと、読者の99・9％が「分らないだろう」と思える文章が一つだけありました。

飛鳥昭雄さんの記名文で『人類最終兵器「プラズマ・ウェポン」が出現する‼』という題名の文章ですが、すでにアメリカはこの兵器を持っていて、「１９９１年の湾岸戦争で実際に使われた」と書かれています。飛鳥さんのいま一番言いたいことのようです。
　そこでその場面と核兵器に関するところだけを、以下に転載します。

　プラズマは強烈な電磁波による放射線を出すが、核爆発で生じる死の灰、放射能は全く発生しない。つまり史上最大の「クリーン兵器」なのだ。裏を返せば、プラズマ兵器を保有する側にとれば簡単に何処でも使える兵器となる。アメリカ軍は、その兵器の開発をコードネームで「レッドライト・プロジェクト」と称し、１９５０年代中頃から極秘裏に開発を始めた。当時「水爆の父」といわれたエドワード・テラーが水爆開発を行っていたが、世界初の水爆「ブラボー」の実験が成功したため、その後、本格的なプラズマ兵器開発へ乗り出す。「米ソ冷戦」という複雑な均衡状態の中、保持しても使えない核兵器と比べ、プラズマ兵器は唯一アメリカを有利にする突破口だった。核兵器を超える破壊力がありながら、使用後に即占領が可能なだけに、軍事的なメリットは計り知れない。まさにプラズマを制するものが世界を制すると言って過言ではなかった。アメリカはプラズマ兵器を世界に先んじて持つ必要に迫られていた。プラズマの能力の一つである「透過」が、核兵器から身を守るシェルターでさえ焼き尽くしてしまうからである。透過とは、どんな物質でも幽霊のように通り抜ける能力をいい、正式な物理用語である。

（中略）

核兵器なら、直撃さえ受けねばシェルターで隠れることで助かるが、プラズマ兵器の場合は透過してくるため防御は不可能だ。自国は保持しても敵国には保持させない究極兵器、それがプラズマ兵器である!! だからアメリカのプラズマ兵器開発は、国家プロジェクトの中でも最優先、かつ最高機密に属するものとなった。

（中略）

プラズマ兵器で核兵器の縛りから開放されるため、アメリカ軍が多用する危険性がある。これは非常に危険な兆候である。

（中略）

プラズマ兵器は、１９９１年の「湾岸戦争」で実際に使われた。マスコミを封じた中で決行された戦争は、イラク兵の遺体がほとんど見つからない。実際は、わずか数秒で戦車のイラク兵は蒸し焼きになり、地上に倒れた膨大な数のイラク兵と共に灰となって消えうせていた。跡に残るのは砂に残ったミステリーサークルだけで、参戦した同盟国の兵士たちも、プラズマ兵器の存在に気づかず、発砲しないイラク戦車に向かって砲撃していた。アメリカ軍はプラズマ兵器の実験場としてイラクを利用したのである。あの異様なまでの報道規制は、プラズマ兵器の秘密実験を封じるためのものだった。

（後略）

私は、以前から飛鳥さんが何度かこのことについて、書いていたことや実際の湾岸戦争における現実を調べて知っていますし、「プラズマ」については詳しいほうなので、ここに書かれていることはたぶん、事実だと思います。この月刊誌の中で、ただ一つ「場ちがい」なこの飛鳥さんの文章の意味が、私には理解できるのです。

しかし、にんげんクラブの会員さんたちには場ちがいな文章です。だれ1人、質問が来ませんでした。

どうして編集者が、この会報誌にまったくそぐわないこの記事を4ページも載せたのかが分りませんが、飛鳥さんに「いま一番大事なことを書いてほしい」と頼んだのでしょう。たしかに一番大事なことの1つです。しかし、普通の人は絶対と言っていいほど知らないことです。

私はこんなことをその原理から知っていますから、近未来についてもそれなりに予測できます。

だからといって、周辺の人たちがそれらを知らされて「幸せか否か」と考えれば、何とも言えないでしょう。にんげんクラブの会員さんたちには、会員さん向きの文章のほうがよかったように思います。飛鳥さんが悪いのではありません。彼はいま、もっとも大事なことを彼なりに書いてくれたのですから。

いろいろ考えさせられます。といって、多くの大事なことを正しく知ることは、やはり必要だと思っています。飛鳥さんの記事にご興味がある方は、2010年5月に徳間書店から出た拙著『2020年ごろまでに世の中大転換する』を、ぜひお読みください。現在の最新軍事技術のことなどが、はっきりお分りいただけると思います。プラズマ兵器のことも書いていますし、いろいろな情報が満載されています。たぶんびっくりされることでしょう。

4 何か大きな使命がありそうに思えるが、一方で平凡な余生を希望している矛盾がある

「聖書の暗号」に、私の今生の主な仕事（経営コンサルタント）のこととともに、過去生のことや今生の使命らしいことが出て来ました。真剣に考えますと、みんな思い当たります。いまの病気のことや医師の名前まで出て来るのですから、びっくりです。

1万何千年か昔に、たぶん「聖書」が未来のために、ある意志によって創られたことも分ってきました。その内容と目的を気づかった人たちが、一部を修正して「聖書の暗号」が付加されたらしいことも分ってきました。

どうしてそのようなことが行われたのか、私の過去生とどんな関係があるのか……なども、正しいか否かは別にして、「聖書の暗号」に書かれていました。いずれも「びっくり」するような、しかし理屈のあうことなのです。

それを信じたほうがよいか否かは、まだ分りません。いまのところ半々で、半分は信じたいし、半分は「そんなこと、あるはずがない」と思っています。

とは言いましても、「聖書の暗号」を勉強しはじめた昨年（２００９年）2月から、何か大事な使命がありそうだと、今生の自分の使命をとくに考えさせられました。

自分の特性、今生行なってきたこと、興味のあること、得意なこと、不得手なこと、好きなこと、嫌いなこと、したいこと、したくないことなどを、リストアップして考えましたし、いまも考えています。

「聖書の暗号」では「ムー」という太平洋に沈んだ大陸や「ラー・ムー」という王様がよく出て来ます。しかも、私の過去生に深い関係があると出て来るのです。

また、ニルバーナという、人間の魂が最後に行くところにあると言われている「アカシックレコード」が、ムーでは転写でき、詳しく分っていたというようなことも出て来ます。

そんなことがありまして、あらためてジェームズ・チャーチワードの著作で小泉源太郎さん訳の『失われたムー大陸』など、ムーに関する本を何冊か読みましたが、やはり私には「聖書の暗号」のほうがよく理解できました。この面でマクロに、合理的につかめるのは「聖書の暗号」だけでした。

いまのところ、どうやら決め手はアカシックレコードという、個々の生命（現）の過去から未来までを示した記録の中にありそうだ…と思っていますが、ともかく1万何千年以上も前に、いまの私のことが分っていたなんてことは、常識的にはとうてい考えられないことです。

それも私だけでなく、すべての人々（魂）の特質のことが一人ひとりについて記されている可能性があるとしますと、「世の中」や「人間」について、もう一度、ゆっくり考えなおさなければならないでしょう。

ともかく「聖書の暗号」から、私なりの一つの仮説はでき上りました。合理的で納得できる仮説です。いずれ説明するチャンスがあるような気がします。

それとともに、われわれはそれぞれに目的と使命を持つ人間として、今生、生まれてきたことにつきましては納得しました。これはまちがいないようです。私の過去生や今生における特別な使命らしきことがあると知りましたが、それについてはまだはっきりしていません。

と言いますのは、「平凡で人並みな人生を送りたいな」という考えが私には強くあり、特別の使命よりも、平凡さの魅力が抜けきらないからです。

多くの超能力者や霊能者が、私にいろんなことを言ってくれますが、いまのところ、そのすべてに対して興味とともに、気楽に聞いております。なぜなら、平凡な人生にも魅せられるからです。

多分「聖書の暗号」を参考に、近々、自分で今生の使命を知り、納得するのでしょう。

特別の使命があるのか、平凡でいいのかが分るまでは、病気で痛くともつらくとも、のんびり人生を楽しもうと思っております。納得しないことは、したくないのです。

「聖書の暗号」には、私の今生には大切な使命と目的がありそうだと出てくるのですが、これについては、もう少し研究してから結論を出したい…と思っています。

これらにご興味がある読者は、2010年7月に徳間書店から出た、イオン・アルゲイン著『聖書の暗号は読まれるのを待っている』を読んでみてください。

そうすれば、自分の今生の使命や目的に興味が出て、より詳しく知りたいと思われるでしょう。

この本は、マイケル・ドロズニン著『聖書の暗号』（木原武一訳　1997年、新潮社刊）、拙著『二つの真実』（2009年、ビジネス社刊）とともに、ぜひお読みいただきたい本です。

読者の皆さんの人生が、生き方が、変ると思います。

5　最近ようやく「ええカッコウ」と縁が切れつつあってほっとしている

「ええカッコウ」というのは、文字どおり「よい格好」をすることです。人間の共通の欲望と考えられています。そこに少し説明を加えますと、自分でこだわり、「このようにしたい」と思い、そうでないと気分が悪いこととも言えます。

戦中と戦後の10年くらいは、普通の日本人の全体が、「ええカッコウ」などをしていられない時代でした。

私の青春時代だったのですが、着るものも、つぎあてだらけのものが当り前でしたし、靴なども まともなものはなく、たまたま手に入った靴に自分の足を合わせているような状態でした。それに私は、半分百姓で半分は学校へ行っていたような人間なので、野良着が制服のようなもので、そんなにこだわりもなかったのです。数年間、1着の学生服で過しました。

大学を出て社会人になってからも、背広は1、2着、靴も黒いのが1足、ネクタイも2、

3本、カッターシャツも2、3枚。そういうのが何年間かの実情でしたから、「ええカッコウ」などとは考えたこともなかったし、それが当時の一般人の状態だったように思います。それでも恋人もできたし、楽しく生きていました。

ところが、昭和30年代（1955年〜）に入ってから、日本経済が急成長し、人々が豊かになりはじめました。こうなると「ええカッコウ」したくなります。

そしてフシギなことに、なぜか私は繊維関係企業と急速に親しくなったのです。

東レ、帝人、東洋紡、日清紡、鐘紡などの大企業をはじめ、大阪や名古屋の繊維問屋、さらに日本中の衣料品小売業と親しくなりました。

「ルール化」することに才能があった私は、いつの間にか繊維業界、ファッション業界で名前の知られる経営コンサルタントになっていました。

ファッションデザイナーやその卵たち、衣料品関係の経営者や幹部は、私の講演会を聞いて参考にするようになりました。昭和40年（1965年）ごろの日本の主なファッション人といわれた石津謙介さん、立亀長三さん、河合玲さん、小篠綾子さん（コシノ三姉妹の母）、うらべまことさんなど、錚々《そうそう》たる業界人たちと親交がありました。彼らはカッコよい人たちでした。

事実、昭和40年代はじめに出した私の出版歴でも、初期の本は『ファッション経営戦略』

や『繊維業界革命』など、ファッションや繊維関係の著書が主体です。

当時は私も「ええカッコウ」をしていました。

それらの本には、「美とは色の組み合せと長さのバランスだ」などと、当時私なりにルール化したことが述べられています。そしてそれが、多くの企業や読者に参考にされたのです。

ということは、私個人がファッションとか美にこだわり出していた…ということです。「ええカッコウ」しはじめた私は、「ええカッコウ」する方法の大家になってしまったのです。経営コンサルタント兼ファッションコンサルタントでした。

いまでも人さまを見ると、この人はどのような服を着れば似合うとか、それに合わせて靴やカバンは何がよいかなどが、瞬間的に分ります（ただ最近は、それを人さまには言わなくなりました）。


これらのことを知り、ルール化したことが、その後の仕事（主としてスーパーの店舗開発や経営のアドバイス）にものすごく役立ちました。

私のアドバイスで、昭和40年～55年（1965年～1980年）に、売場面積1500㎡～10万㎡くらいの大型店が日本に何百店もできました。それらのコンセプト、建物やエスカレーター、階段の配置、カラーコーディネートなどは、すべてが美の根本ルールである「色の組み合わせ」と「長さのバランス」をもとにアドバイスしたと言ってもよいのですが、ほとんどのお店は初年度から黒字でした。

したがいまして、2007年に病気になるまでは、自分の乗る車はもとより、オフィスも自宅も自分の着るものにも、ファッション的にこだわっていました。ときには家内や家族の外出着やふだん着にも、それとなくこだわっていました。

美的センスに欠けるものには耐えられなかったのです。

と言いましても、そんなことにまったく興味のない長男がいましたので、それなりに自分を抑制できました。「よかった」と思っています。それらは当然のこととして私生活におよび、つい「ええカッコウ」をするクセが、長い間、ついていたようです。

しかし2007年に病気をしました。その進捗とともに「ええカッコウ」などと言っておられなくなりました。病気が許してくれなくなったのです。

そしてここ1、2年の間に、「ええカッコウ」をするクセはすっかりなくなったようです。気楽になりました。戦中、戦後のように「生きておられるだけでありがたい」と、いままでは思っています。

この「ええカッコウ」がなくなると、いままでどうしてこれらのどうでもよいことにこだわっていたのか？と思いますが、それが普通の人間らしい欲求なのでしょう。

最近は、「そんなカッコウをしてオフィスへ行くと、相澤さん（私の秘書）や、そのほかの人に失礼ですよ」と、家内からよく注意されます。いまは、ともかく「カラダに負担にならないカッコウ」がもっとも気に入っています。それとともに、いろいろ分ってきました。

その分ってきたことの1つに、「人工の美」は「自然の美」にまだまだ劣るようだ、ということがあります。だからなるべく、「自然のままにすごしやすく生きるのが、人間にとっては正しいようだ」というのが、最近の本音になりつつあります。

こだわりもなくなってきました。

礼儀作法も最低限でよいし、ネクタイをしめるのがイヤになりつつあります。「心臓の手術をしなさい」と医師に言われても、「気が進まないからやめよう」となりますし、「この薬を飲んでください」と医師に言われても、「薬は副作用がある。それに気持ちが納得できないからやめよう」というように、逆にこだわらなくなり、困っていることもあります。

そのくらい、自分の心が「ええカッコウ」をしなくなるとともに、生き方が自然に近づいてきたようです。できることなら生きたいが、年齢を考えると、死もそんなに怖くなくなりつつあります。

今後は、どのように自分が変化するのかが楽しみですが、ともかく「永年こだわり続けてきた〝ええカッコウ〟と縁が切れつつあって」いまはよかったなと思っております。

生きていく上で美的なほうがよいことは分っているのですが、人工的な美でなくとも、いままでのようにそれが気にならなくなったということです。こだわらなくなったということでしょうか。

こだわらないほうがよいというのは、本音で言ってよいもののようです。

付 アングロサクソンの本音＝日本について

ここしばらく、世界のリーダーはアングロサクソンでした。彼らイギリス人やアメリカ人の普通のエリートは、日本のことをどう考えているのでしょうか？　１つ、２つその本音を書いてみましょう（これは私がまとめたものなので、多少偏見があるかもしれません）。
（1）経済予測の「超プロ」の朝倉慶さんが今年（２０１０年）6月22日に、ゴールドマンサックスの発表による「10年後のアジアの金融地図」というレポートを送ってくれました。

株式についてのレポートですが、現在、上海市場の1日の出来高は470億ドル（約4兆2450億円）ですが、10年後には3500億ドルと約8倍になると見ているようです。一方、東京市場はいまは450億ドルくらいですが、10年後には1日当り287億ドルに下がると計算し、東京は上海市場の13分の1にまで減ると見ているようです。

この見方はよく分ります。これがアングロサクソン、というか世界の金融機関ゴールドマンサックスの見方です。本音でしょうね。考えさせられます。

（2）次ぎに6月29日の『WALL　STREET　JOURNAL』の社説を簡単に紹介します。アメリカの良心と言われるマスメディアの発言です。ここでは、イギリスの軍事予算について述べています。

それによりますと、「英国はGDP比軍事予算を2・2％まで減らそうとしている。1人前の国なら〝自由と繁栄を守り、世界の変革にアングロサクソンとして責任を持つ〟以上、いままでのように、せめて3％以上は必要だろう」というような要旨です。

NATO各国は、軍事費はGDPの2％を義務としています。いまの日本は1％くらいでしょう。

これが、彼らの日本に対する本音とも言えましょう。いまの日本は「どうでもいい国」（？）のようです。

100年前の英国は世界の大国でした。GDPの5％以上は軍事費に使っていました。つい最近まで英国は5％を軍事費としていました。

「世界をリードしていこうとしたら、5％くらいは必要だよ。いまの世の中ではそうでないと自国の尊厳と名誉は維持できないよ」ということです。アングロサクソンの本音でしょうか、そこには日本人観が本音として出ているように思われます。

そこでポイントだけ原文で御紹介します。味のある文章です。ゆっくりお読みください。

1. ポイント

This fall the British government is expected to slash defense spending, citing its swollen debts. At the same time, Prime Minister David Cameron says he is committed to improving national security and wants to increase Britain's influence abroad. The reality is he can't do both.

Over the years, Mr. Cameron has supported "spreading freedom and democracy" and helping to "forge change in the world." It would be nice if the U.K. could further those goals with trade, foreign aid and diplomacy alone. But Britain's prestige and influence—particularly at the U.N. Security Council and in Washington—also depend on the ability to field a credible military force, something no other European power except perhaps France can do.

U.K. Defense Spending as a Percentage of GDP

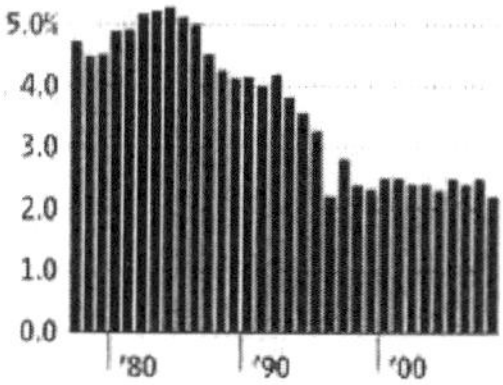

Note: WSJ research based on government data; 2008 data is the latest government esitmate
Source: U.K. Defense Analytical Services and Advice

Britain's defense outlays as a percentage of GDP are already plumbing modern-day lows. As the nearby chart shows, estimated defense outlays in 2008 (the last year for which official data is available) amounted to a mere 2.2% of GDP, even as the country is fighting in Iraq and Afghanistan. That's half what the U.K. spent during its last severe economic crisis, in the late 1970s. The last time the U.K. spent so little on defense was in the 1930s, before the belated arms buildup against Germany.

The U.K. does not face a similar existential challenge today. But as a February report by the Development, Concepts and Doctrine Center, a Ministry of Defense think tank, makes clear, "the number of conflicts affecting U.K. interests is likely to increase." It warns of "increased proliferation of weapons of mass destruction, cyberspace and other novel and irregular threats." Failed or failing states, it says, will present a "major threat to U.K. security in the short-term," while further out "wars involving the major powers or their proxies are probable."

Skeptics may call these forecasts alarmist, but recent history suggests otherwise. Britain has used its military power to repel an invasion of the Falklands, stop butchery in Sierra Leone and ethnic cleansing in

Kosovo, overthrow Saddam Hussein and serve as Europe's NATO anchor in Afghanistan. These interventions have had their critics, but each enjoyed majority support in Parliament. Gutting defense would mean that future governments would have fewer options to defend British interests or advance British values.

Sources tell us that the military branch likely to be most affected is the army, already down to 102,700 deployable troops from 136,620 at the end of the Cold War. Though the army takes up slightly less than a quarter of defense spending, its head count may be cut by another 20%. This is the same army that has borne the brunt in Iraq and Afghanistan, where deficiencies in armored vehicles, paltry or outdated personal kit, and helicopter shortages have led to accidents and needless deaths.

Mr. Cameron has repeatedly promised to change this, but his government is already reneging. Last week's promise that later this year it will procure 200 light armored vehicles, at an estimated cost of £100 million, is half the Ministry of Defense's original tender of 400 as an "urgent operational requirement" in February 2009. Meanwhile, the Royal Navy's plans include some £5 billion for two new aircraft carriers, whose price would be nearer to £40 billion if fully equipped with aircraft.

A century ago, Britain was the globe's indispensable power. That's no longer the case. But it is still a relevant power, not least because of capable armed services that Conservative and Labour governments have relied on to pursue the national interest. The Cameron government and its successors may rue the day they surrendered those assets in exchange for pennies saved.

第4章

何よりも「びっくり現象」が勉強になる

勉強の最大の目的は知らないことを学び、それによって「真実を知り」「近未来など未来を正しく予測し」「これからの対処法を知る」ことです。

そのためには、「びっくりすること」＝「びっくり現象」に遭い、それを解明するのがもっとも効率的なようです。私のホームページに、毎週金曜日『先週の「びっくり」より』を掲載しているのはそのためです。この年齢になって動きが鈍くなっても、やはり毎週、2つや3つの「びっくり現象」に遭偶します。

本章では、ここ何年間か、本当にびっくりしたことを本音で書いてみます。

1　最近では、ほぼ正しいと信じられる「聖書の暗号」にもっとも「びっくり」

以下に引用するのは、２００９年7月にビジネス社から発刊された拙著『二つの真実』の最初の文章です。この本は、「聖書の暗号」に私がいかにびっくりしたか、そしてそれがどのようなものなのかを、ぜひ多くの人に読んでほしいと思って書いた本です。
3万部強しかまだ売れていないので、本書の読者の大半はお読みになっていないと思います。そこで、ポイントだけ転載いたします（一部付記します）。

第一章

今生最大の「びっくり」は、今年になって「未来は決まっていた」という事実を知ったこと

（中略）

旧約聖書から出てきた不思議なメッセージ

昨年（二〇〇八年）二月、私は中矢伸一さんとの共著『いま人に聞かせたい神さまの言葉』（二〇〇八年三月三一日、徳間書店刊）の原稿を執筆していました。

その時、徳間書店の担当者から「船井先生や中矢さんのことが〝聖書の暗号〟から出てきましたよ。先生は経営の専門家と出ていますし、中矢さんは、日月神示《ひふみ》を世の中に伝える人……となっています。これを解読したのは伊達巌さんです」と教えられたのです。

私は、その時まで『聖書の暗号』についても、伊達さんのことも、まったく知りませんでした。ともかく伊達さんが解読した資料の中の私と中矢さんに関するものの一部を同書のグラビアページに掲載しましたが、これは、かなりの反響がありました。

三〇〇〇年以上前に書かれた旧約聖書の中から、これらのことがメッセージとして出てきたということですから、本当にびっくりさせられました。何千年もの昔から、二一世紀のいま、私が「船井幸雄」として存在することや、生まれる年月日から、行うことまで決まっていた……というわけですから、まず「本当かな?」と思いました。しかし興味も出ました。

そこで一応調べました。その概要は、同書の五〇一ページから五〇二ページにかけてと、五〇九ページから五一七ページにわたって、要点だけは私なりに解説しておきました。

ともかく、「聖書の暗号のメッセージ」は肯定も否定もできないように思いましたが、それにのめりこむほどでもない……と一応の結論をつけて、アタマのどこかに残しておくくらいの存在としてとどめておきました。

（中略）

暗号解読に取り組んだイスラエルの三人の科学者

ところで、今年の二月上旬のことです。あるIT会社の社長のIさんから、長文のお手紙と資料が私宛に送られてきたのです。もちろん私の知らない方からです。

私がそれらを読んだのは二月一〇日のことでした。その手紙によりますと、Iさんは、聖書の暗号の解読ソフトを開発中の人（いま何通りかの解読用のコンピュータソフトが開発されており、どのソフトで解読しても、ほぼ同じメッセージが出てくるようです）であり、また解読研究者であるということでした（いま世界で解読に当っている人は一〇〇人以上とのことです。また、私の知っているかぎり、Iさんの活用しているソフトは非常に優れているように思います）。

彼は、一月三一日に、解読中にふとしたことで「船井幸雄という人がいまの時代には重要（?）な人らしい」とメッセージ上から判断し、いろいろ調べたところ、「船井幸雄さんのことがメッセージとして何ヵ所からも出てきました」……というのでした。そういうわけで、今生の私の使命や私の過去生その他いろいろな解読結果を、お手紙と一緒に資料として送ってくれたのです。

自分のことが多く書かれているのですから、それらを読んで興味を持った私はそこでIさんと連絡をとり、二月中旬から私なりに「聖書の暗号」の研究を集中的にはじめるようになりました。そして、四月二〇日ごろには、私なりにほぼ結論を得たのです。

まず結論からいいますと、「聖書の暗号のメッセージ」はここ一〇年くらいは少し外れることも出てきましたが、原則的には九九・九％以上当っていたと考えざるを得ない……と、私は判断したのです。

もちろんIさんから、彼の解読結果などを含めていろいろ教えてもらいました。それだけではなく、伊達さんの解読結果も調べました。

コンピュータによる解読ソフトを九〇年代のはじめに、開発し、「聖書の暗号」のことを大々的に世界中に知らせた人と言っていいイスラエルの数学者であるヘブライ大学のエリヤフ・リップスさんの解読結果や、名著『聖書の暗号』（一九九七年、Shimon & Schusten刊、原題『THE BIBLE CODE』）の著者で、暗号解読者のマイケル・ドロズニンさんの解読結果、さらにインターネット上での何人かの解読者の解読結果も調べました。

また、一九九四年八月発行のアメリカの有名な数学学術誌『STATISTICAL SCIENCE』（Vol.9, No.3）の四二九〜四三八ページに掲載されましたリップス博士など三人のイスラエルの学者の論文も読みました。

その三人とは、ヘブライ大学の数学者のエリヤフ・リップスさん、エルサレム工科大学のドロン・ウイッタムさん（物理学者）、エルサレム工科大学のヨアフ・ローゼンバーグさん（暗号学者）です。この三名の連名による論文の題名を日本語に訳すと『創世記における等距離文字列』となります。

いまのところ、この論文は、一人の学者からの反論も出ないだけではなく、世界各国の情報機関や軍が「聖書の暗号のメッセージ」を活用していると言っていいようです。多分、私が本書で書くことは、彼らはほとんど知っている可能性が高いと思います。

（中略）

しかし、ここではまず、私が「聖書の暗号のメッセージ内容のことは九九・九％以上は、そのとおりにおきたようだし、人間の歴史や個々人の生涯も、三〇〇〇年以上前に現在までの諸現象の九九・九％以上決まっていた」と判断した主な理由から述べましょう。

(1) 神の実在を証明した論文をだれも否定できない

一つ目は、やはりイスラエルの三人の学者による『STATISTICAL SCIENCE』の一九九四年八月発刊誌に掲載された論文でした。

モーセ五書のヘブライ語原典の文字三〇万四八〇五字を、マトリックス状に並べ、等距離文字列法に基づいたコンピュータ・プログラムで調べると、彼らが任意で抽出した古来からのイスラエルの聖人三二人については、全員の生没年月日などが確実にメッセージとして出てきた……というのです。

一方、トルストイの『戦争と平和』のヘブライ語本で、同じことをやってみたが、一人も出てこなかった……と言います。何人もが検証したわけですから、疑いようがありません。

ともかく、その念入りな検証と分析を読むと、「神の実在を証明した」と言われるこの論文の「結論」を否定することは、だれにもできないと思います。もちろん私にもできません。

(2) 原爆投下、ケネディ暗殺、湾岸戦争などが予言され的中

二つ目は、マイケル・ドロズニンの著書『THE BIBLE CODE』です。ここには「聖書の暗号からの多くのメッセージ」が、実例として記されています。

①一六八七年のニュートンによる万有引力理論の発見
②一九一五年のアインシュタインによる相対性理論の発見
③一九一七年のロシア革命
④一九二九年の世界大恐慌
⑤一九四五年の広島への原爆投下
⑥一九六三年のJ・F・ケネディ大統領の暗殺
などをはじめ、
⑦一九九一年の湾岸戦争
⑧一九九五年の阪神・淡路大震災
⑨一九九五年のイスラエル・ラビン首相の暗殺
など、見事なまでにメッセージとして、事実と同じことが出てくるのです。

（中略）

その暗号の仕組みについては第一章に詳しく解説されているが、要約すると次のようになる。暗号解読の対象となるのは、主として旧約聖書の最初の五書（創世記、出エジプト記、レビ記、民数記、申命記）で、これらはヘブライ語で書かれ、全体で三十万四千八百五字からなる。この約三十万の文字を一列にならべ、ある同じ字数ごとに文字を拾い出していくと、人名や日付やメッセージなどがつくられる。たとえば、一九四五字おきにたどると、なんと、「ヒロシマ」という言葉がつくられるという。言うまでもなく、一九四五年は、広島に原爆が投下された年である。

このような暗号解読法を「等距離文字列法」と言うが、この方法のユニークなところは、等間隔で文字を拾い出すだけでなく、約三十万の文字を一行二千字なら二千字でならべかえると、ある人名やメッセージに関連する情報がその近くにあらわれるところにある。聖書の暗号がどのようなものかは、本文中の暗号表をご覧になれば一目瞭然であろう。このような事実に合致したメッセージがあらわれるのは決して偶然ではありえないことを数学的に証明したのが、「付録」の論文である。聖書の暗号の存在を証明するこの論文はアメリカの数学専門誌に一九九四年に発表されたが、いままでのところこれにたいする反論は出されていないという。アメリカ国防総省の暗号解読官も、聖書の暗号の存在を確認していることが本書に記されている。

物理学者のニュートンが聖書の暗号を研究していたことはよく知られているが、約三十万字という量の大きさと仕組みの複雑さから見て、その解読はコンピュータの出現なくしては不可能だった。著者は、聖書そのものがひとつのコンピュータ・プログラムであると言っているが、このコンピュータ・プログラムがあきらかにするメッセージあるいは予言にはだれもがびっくりするにちがいない。たとえば、ケネディ暗殺（ダラスという地名と犯人のオズワルドの名もある）、湾岸戦争（イラクがイスラエルにミサイルを発射した日付も明記されている）、イスラエルのラビン首相の暗殺（暗殺の一年前に著者がその暗号を発見し、そのことを首相に伝えたことが詳しく述べられている）、ソ連邦の解体と共産主義の没落（中国の崩壊も予言されている）などなど。日本関係では、「神戸、日本」が「火災、地震」、「大型」、「一九九五年」とともに暗号に記され、オウム真理教の事件まで記されている。

歴史上の人物の名前も、その業績などとともに暗号に記されている。たとえば、シェイクスピアは『マクベス』と『ハムレット』とともに、エジソンは電気と白熱電球とともに、ニュートンは重力とともに、ベートーヴェンやバッハはドイツの作曲家として、レンブラントはオランダの画家として。

このくらいで読者もお分りいただけるでしょう。

私は、私に関して出て来た多くの暗号を、私なりに検証しました。

そして、「どうやら正しいようだ」と結論づけたのです。

どうして3000年以上前に書かれた旧約聖書の「モーセ五書」から、いまの私のことが、はっきり分るのか……いろいろ調べました。

これは本書の第3章で述べましたように、はるか以前（多分数万年以上も前から）にアカシックレコードに記されていたようだ……というのが、いまのところ私の仮の結論ですが、それにしてもびっくりさせられました。

たぶん、今生最大の「びっくり現象」でした。いま、まだ「聖書の暗号」を勉強中です。そうすれば、多くの真実、未来、これからの対処法が分るように思います。また私の今生の使命も分るでしょう。

9・11事件や秋葉原の無差別殺人事件も「聖書の暗号」に出ていました。今後についても気になることが、いろいろ出ています。

いま私は、私なりの答えを、あくまでも仮説ですが、つくり上げました。

希望を持ち、すばらしい未来を、人類の手にするためです。これらにつきましても、もう少し様子をみて、発表したいと思っています。

ともかくいままで、われわれ地球人は99・9％以上、生かされてきたようです。

何のために……？ですが、考える価値はあります。

ぜひ読者の皆さまも、聖書の暗号に出ている自分のことを知り、正しく上手に生きてください。

ちなみにいままでの引用文に出て来たIさんは、イオン・アルゲインというペンネームで今年（２０１０年）７月に『聖書の暗号は読まれるのを待っている』という本を徳間書店から出しましたが、以下は彼から最近届いた手紙です。解読者の多くはこの暗号を信じて、現在も研究中なのです。

> 船井幸雄先生
>
> 頑張ってきた本の原稿がやっと一段落し、あとはカラーページの写真くらいになりました。編集の石井さん、溝口さんがあとは何とかしてくれるとのことです。彼らもよくしてくれまして、いろいろ助かりました。どうもありがとうございました。
>
> 発売は7月20日となりました。少し早くなって嬉しいところですが、本向けのホームページも立ち上げないといけないので、その分また忙しくなりました。
>
> 明日の夜から剣岳に向かい、4日に登ってきます。富士山も8月10日に予定しており、残る御岳と白山も9月中には何とかいけそうです。

5日から8日まで和歌山でダイビングの免許の講習を受け、8月はじめの与那国の準備をします。与那国は難しい場所らしく、経験が足らないので潜ってこられるかわからないのですが、まずは準備として進めています。

翌週の14日から17日で2度目の屋久島にも行ってきます。今回はトーフ岩ほかを見てきたいと思っています。

このような状況ですが、7月20日から28日までの予定が空きました。この中でご都合のよろしい日がありましたら、そこまでのご報告と本のお礼に伺えればと思います。ご都合よろしければ相澤様経由で連絡をいただければ幸いです。来週は、昼間は連絡が取れないので、夜メールにて対応させて頂く予定です。

よろしくお願い致します。

I

平成22年7月2日

このように「決まっていた未来」については、今年（2010年）2月に『聖書の暗号は知っていた』を徳間書店から出した伊達巌さんも同様のことを感じているもようです。伊達巌さんの本の裏表紙には、次ぎのように書かれています（転載させていただきます）。

聖書の暗号は明確に教えてくれる――
世界資本と秘密結社に潜む陰謀組織の実体は、
ロスチャイルド＝イルミナティ＝フリーメーソンだと。

世界の歴史は、イルミナティという頭脳を持った
フリーメーソンによって動かされてきた。
彼らは、お金を得るためだけに戦争を起こし、多くの人々を殺してきた。
ではイルミナティとは何なのか、誤解を恐れずごく簡単に言うなら、
拝金主義の○○○国際金融資本である。
彼らは「一族」というごく小さな単位で、
莫大な資本を武器に、世界を裏から動かしているのである。
本書は、そうした彼らの所業がすべて「聖書」の中に
バイブルコードとして預言されていたことを明らかにした。
バイブルコードの封印は解かれたのだ。

人類が超克すべきサタン／
ルシフェリアン完全暴露
――地球一極支配を進める
国際金融資本家たちの
正体とその戦略
守銭奴の悪魔、イルミナティ＝
フリーメーソン＝ロスチャイルドを
このまま野放しにしていたら、
我々は間違いなく
第三次世界大戦を経て、
人類の三分の一を失い、
自力で幸せを築くことは
できなくなってしまうだろう。
私たちは聖書の暗号を
超えて未来を自らの意思で
創造できる。
それを伝えるために
本書は書かれたのだ……

伊達さんの言いたいことが私にもよく分ります。さらに進んで、私はいま、だれが聖書を人に与えたのか、どうしてほとんどの「暗号」が当るのか、だれが何の目的でプログラムしたのかも、ほぼ知りました。みんな納得できます。ぜひ読者も「聖書の暗号」に興味をお持ちください。

そしてできるだけ、各自でお調べください。未来も対処法も正しい生き方も分りそうです。「人間の歴史」も「未来」も封印されていたのです。そしてそれが、解かれはじめたようです。

2　なぜかレプティリアン（爬虫類）系が大嫌い。理屈より感情が優先する自分に「びっくり」

いま、99・9％の人が、「船井幸雄は理性的な人だ」と思ってくれているようです。直感力や右脳はかなり発達しているように思います。ちなみに直感と理性が不一致な行動は、ここ何十年かとったことがありません。それほど理性的に生きて来ました。

ただ、どういうわけかレプティリアン系だけはどうしても好きになれないのです。

特別に「怖い」というのでもありません。付きあいたくないのです。

幼少時から田んぼや畑で過しました。いまの自宅も熱海の山中にあります。緑に囲まれ、「気」もよいと思いますし、海も見えるのですが、庭には蛇やトカゲ、その他、多くの爬虫類がおります。

本能的にというか感情的に、なぜか彼らが好きではないのです。

もちろん、私の一族の中には「蛇の絵を見るのもイヤ」という人もおれば、逆に「爬虫類はかわいいいわ。大好き。飼いたいくらいよ」という人もいます。

感情や感性というのは面白いものですね。理性より強いようです。なぜでしょうか？

いろいろ考えました。私の本質である魂が何らかの理由でレプティリアンを好きでないとしか考えられません。

私の友人に、２００９年５月に亡くなった太田龍さんという人がいました。

太田さんと私は２００７年10月に、『日本人が知らない「人類支配者」の正体』（ビジネス社刊）という共著を出しました。

出版社に引き合わされ、太田さんとは初対面で対談したのですが、太田さんの発言にはいろいろ「びっくり」させられました。それは主として次ぎの５つでした。

① 明治天皇は替え玉ですよ。これには絶対的な証拠があります。

② 人類の支配者は爬虫類人（レプティリアン）で、それは英国人のディヴィッド・アイクさんが詳しく証明しています。

③ イシヤ（フリーメーソン、イルミナティ）は、まもなく大破局を迎えます。資本主義も破局を迎えるのです。確言できます。

④ これからは「日本人の時代」です。

⑤ ヴァティカンの黒い貴族やイエズス会、ロスチャイルドのことを知りなさい。人類に

とってもっとも恐ろしい存在です。

太田さんは言うだけでなく、多くの証拠を示して、それらを詳しく説明してくれました。さらに、何よりもびっくりしたのは、どの一般マスコミも太田さんの著書や共著については、広告として扱ってくれないということでした。

彼は1930年生まれ、私より少し兄貴分ですが、私の知らない知識を知りすぎるほど知っていて、世の中の常識の逆を言う人だと、本当に「大びっくり」しましたが、お互いに2〜3日しゃべると仲よくなり、彼の言も半分くらいは納得しました。面白いフシギな本ができました。

その本の「はじめに」で、太田さんは私のことを以下のように書いています。

はじめに──

†明治以降、無数のタブーが増殖して日本人の精神と魂を腐敗させた

船井幸雄さんとの対談を一冊の本にする過程で、私が得た最初の印象は、この人にはタ

ブーがほとんどない、ということでした。タブーがないということは、自分の誤り、自分の欠陥、自分の限界、自分の無知をタブーとせず、それらを自力で修正し、乗り越えるべく常に努めることも意味します。

渡辺京二著『逝きし世の面影』（平凡社刊）に詳述されているように、江戸時代までの、すなわち明治以前の日本人の民族性は、まさにそのようなものでした。

しかし、慶応2年12月25日（西暦では１８６７年1月）、孝明天皇弑逆《しいぎゃく》事件とともに、日本は変質しました。つまり、それ以降、日本人にとってこの孝明天皇弑逆事件の真相を探求することは絶対のタブーとされ、そしてこの時点から無数のタブーが増殖して、日本人の精神と魂を腐敗させるのです。

このタブーの呪縛《じゅばく》からの解放を志した拙著の『長州の天皇征伐』（成甲書房・２００５年刊）を、公然と肯定的に論評されたのは、日本で船井幸雄さんが初めてです。

私は、平成19年8月2日、船井さんと対談した折、鹿島昇《かしまのぼる》著『裏切られた三人の天皇』（新国民出版社刊・２００７年7月・第3版発行）をお渡ししました。そして、8月24日に、船井さんご自身のホームページ上に、この本のことを丁寧に紹介していただきました。私の知るかぎり、この記事は故鹿島昇著『裏切られた三人の天皇』についての最初の真剣な書評です。

船井さんと私の最初の接点は、デーヴィッド・アイクの『大いなる秘密』(上下2巻、三交社刊・2000年)でしょう。西洋には、我々日本人にとっては想像を絶するような秘密の暗黒世界が潜んでいます。英国の天才思想家デーヴィッド・アイクは、『ロボットの反乱』(1994年)、『真理はあなたを自由にする』(1995年)、『大いなる秘密』(1999年)、『マトリックスの子供たち』(2001年)などの著作で、無数のタブーと構造によって堅固に警備された、この秘密の暗黒世界を白日の下にさらけ出す大仕事をやってのけました。

私は、1995年以降、西洋6000年の歴史に初めて出現したこの天才アイクを日本人に紹介するために努力して、ついに2000年、『大いなる秘密』日本語版が出版されたのですが、この本を高く評価して書評されたのも、船井さんが最初です。

✝西洋式「人類独尊」から日本的「万類共尊」への転換の時代

ところで、艮《うしとら》の金神《こんじん》と名のる存在が2004年2月5日、船井さんが大本《おおもと》教の亀岡本部に連れて行った60人くらいのなかの一人の女性に神憑《かみがか》ったという一件は知りませんでした。これは明らかに神憑り、シャーマニズム的出来事ですが、私の知る限りこの現象は過去70年来の日本に、絶えて生じなかった次元のものでしょう。大本教の教団はこの艮の金神の神憑りを認めていないそうですが、いかにもありそうなお話です。

2008年（子年）前後が世界の正念場という見方はそのとおりでしょう。そしてこれからは日本人中心にやるほかないということも。しかし、日本人中心というその「日本」の意味、その核心はなにかが問題です。

縄文以前の太古の時代から、日本人の精神性を一語で要約すると、「万類共尊」となります。これに反して西洋人の根本思想は、「人類独尊」です。人間中心主義、人間至上主義ともいいます。

1987年の時点で、西洋文明が独占独裁する地球上に於いて、人類は地球自然資源の限界を超えたといわれています。このまま突き進めば、西洋の自然破壊的科学技術と西洋式利己主義社会システムによって、地球の生態系は大崩壊するしかありません。

西洋式人類独尊から日本的万類共尊へ――。

人類は今、思想と宇宙観と制度を根本から転換するよう迫られているわけです。日本がまず、国家まるごと、民族まるごと、この転換を開始しえなければ、他にそれをできる国家民族は存在しません。もはや、人類の命運もこれまででしょう。

今日、船井さんとの対談を一冊の本にすることになって、いろいろと考えていくと、私はずいぶん以前から、無意識のうちに船井さんとはご縁があったということに気づきました。

船井さんは1985年頃、経済学者の難波田春夫先生との出会いがあり、それを契機に「資本主義は間もなく崩壊する」と言い出した、と述べておられますが、ちょうどその頃、私も難波田春夫先生の学説に共鳴して講演をしていただいたことがあります。

船井さんと私とは、役割も経歴も異なりますが、深い根のところは一つの流れのなかにあります。

デーヴィッド・アイクの大著『マトリックスの子供たち』の日本語版が、この9月早々、出版の運びとなりました（『竜であり蛇であるわれらが神々』上下2巻、約1000ページ。徳間書店刊）。さらに、10月にはアイクの新しい英文著作『グローバル・コンスピラシー——いかにしてそれを終わらせるか』（約600ページ）も刊行される予定と聞いています。

西洋思想の最高水準を独走するアイクのこれらの著作は、西洋渡来の悪神を超克しなければならない我々日本人が熟読消化すべき必読文献です。

船井さんをはじめとし、読者諸兄の皆様も是非、お読みいただきたい。

平成19年（2007年）8月24日

太田　龍

ともかく一度、私と太田さんのこの共著をお読みください。一読の価値があると思います。このとき太田さんにレプティリアンが「人類の本当の支配者だ」と言われ、ディヴィッド・アイクの本を何冊かちょうだいしました。興味深く読みました。理論や証拠はもとより、私の感性がその正当性を証明しているような気がします。

その可能性はあると思います。

そのように思ったのは『図説　エロスの世界』青木日出夫編（1997年2月、河出書房新社刊）の表紙を見たときです。下半身が爬虫類で上半身が人間のカラダという男性が、美しい人間の女性とセックスに入ろうという画《え》ですが、この画は神と人間の交合の絵として有名です。太田さんの著書『地球の支配者は爬虫類人的異星人である』（2007年、成甲書房刊）の一五〇ページにも、「ロマーノ画」として原画のコピーが載っています。

大昔、神とはレプティリアンだったのではないだろうか？……と、この画を見てふと思ったのですが、そのような話はディヴィッド・アイクの本などには多く出てきます。

しかも、最近「聖書の暗号」を知りました。

「闇の勢力」という地球人を支配したい階級が、何万年か前に地球に来て、神や支配者として人類を支配していたように読めるのです。

彼らの本体は90年代末に地球域から去ったと「聖書の暗号」には書かれていますが、いまはまだその残党が地球の支配を試みていると考えられます。

また最近の解読では、聖書は1万何千年か昔、彼らによって将来の人類支配のために創られたものだとも判断できます。

彼らは人類支配を考えていたレプティリアンの知的特別種族といってもよさそうです。とすれば、私の本能的なレプティリアン嫌いも、いわれなきにしもあらずといえそうです。

私はディヴィッド・アイクの本を読んで、「レプティリアンは特別の儀式好きだ」と書かれているのに注目しました。というのは、儀式や礼儀作法などは「最低限の秩序や形式さえ充たせばそれでよい」と、私自身は考えているからです。

たとえば日本の神社では二礼二拍一礼（拝）が常識になっています。仏さまの前では手を合わせます。これくらいで、いいのではないでしょうか。これ以上になると儀式的作法になり、わずらわしくなってどうでもいいと思うのです。

だからお茶の作法などは、絶対に不要だと思っていますし、茶席などには出ないことにしています。宮中儀式という特別なものがあるというのにも疑問を持っています。

ともかく「レプティリアンという儀式好きな知的存在がいた」と認めると、「聖書の暗号」のことも、聖書が説き明かしていることも、いま「闇の勢力」と呼ばれている存在のことも、仮説として分りやすくなります。

とはいえ、これはかなり非常識な仮説です。

「そんなことは、どうでもいいのではないか」と理性的には思っています。それでも無視できないイヤな感情があるのです。

たぶん、本能的なレプティリアン嫌いも、そのうちなくなると思って、彼らに愛情を注いでみよう……と心がけております。理性より感情が、理性的であるべき人間で優先するとは面白くありません。それにレプティリアン嫌いな人は、あんがい多いようです。

いろいろ考えさせられています。

なお、私と親しいエハン・デラヴィさんや、エハンさんの友人で私の知人でもある作家のグラハム・ハンコックさんらは、南米で「アヤワスカ」という一種の麻薬を飲んで何十回もレプティリアン的な知的種族の姿を見ています。幻影とは言え、再現性があるのです。

これらから考えても、人間と関係があったらしいレプティリアン的な存在については、ハンコックやデラヴィさんらの知性や活躍ぶり、著作経歴から言っても一概に否定しないほうがよいと思います。

とりあえず「人類は彼らに支配されていた可能性はあるな」と思えるのです。

3 いばり、こだわる存在は神さま（?・）でも、本物ではないように思える

現代人にとって、もっとも大事なことは、現実家として生業を持ち生活していることです。安定した収入が必要で、喰べていく必要があるからです。それとともに見えない世界のことにも興味を持って勉強する姿勢が必要になりました。どちらか片方だけの人というのは、急速に世の中で、まともに生きていくためには通用しなくなりそうです。世の中、すでに変ってきたようです。

ところで、私のところには、1975年くらいから「神からのお告げが私を通じてあるのです」という人が何十人も来はじめました。

その中の大半はまともな社会人です。が、彼らの言う神さま（?・）の話には、ちょっと首をかしげたくなることが多いのです。神さま（?・）からの連絡は、自動書記や、コトバとして聴こえたり、映像を見せられたりといろいろなのですが、神さま（?・）のほうから「私は絶対の存在だ」と言ったり、いばって人間を見下したり、こだわったりすることが

多いのです。しかもお金を要求するけしからん人もいます。

これらを知ると、神さま（?・）も人間らしいというか「人間によく似ていてよいな」とも思えますが、私見では、そういう神さま（?・）の教えは当らないというか、変だと思えてなりません。

少なくとも神さま（?・）である以上、肉体のない生命体で、人間より進化して、時間、空間を超越している存在のはずです。それと神さま（?・）も「絶対」ではないはずです。人間に正しいよいことを教えてくれる存在で、「こだわらない」「いばらない」「お金をもらわない」のが最低限の「まともな神さまの条件」だと思えてならないのです。

私は「カタカムナ」や「日月神示」は、まともな正しい神さまが教えてくれているものだと思っています。というのは、気をつけて読むと、ともに愛情があふれ、ときにはこだわりがありそうですが、笑って済ませられる範囲のことが多く、全般に正しいことを教えてくれているからです。

「日月神示」の神々には、いばっているような、こだわっているようなところもあるようですが、それは、これらの神示を読む人間の方の解読の仕方がそうだからで、丹念に読めば「私は絶対だ」とも言っていませんし、人としてはいけないことを「やめなさいよ」と何回も例をあげて言ってくれているのが分ります。

いま神さまブームです。

霊能者や超能力者ブームでもあります。

いずれにせよ「絶対」とか「こだわる」「いばる」「お金を要求する」存在はニセモノだと思い、付きあわないようにするのがよいと思います。

人間でも、人間性が高まるにつれて、いばったり、こだわらなくなります。他人さまの悪口を言ったり、足を引っぱったり、否定したり、批判しなくなるものです。恨みも許せるようになります。このように考えますと、「世の中で何が正しく、何と付きあうべきか？」がよく分ります。

この点を充分に心得て、神さま（？）や人さまと付きあいたいものです。

以下は、２０１０年7月12日の私のホームページでの発信文「経営者の２人の息子たちへ」ですが、「見えない存在」に興味を持ち出した彼らへの私の本音です。これがこれからの正しい経営者としての生き方だと思います。なお、7月12日発信の原文を、一部修正しました。

いま一番知らせたいこと、言いたいこと
～よい経営者になってほしいために息子たちに言いたいこと～

2010年7月12日
船井幸雄

私には2人の息子と1人の娘がいます。

長男は経理が好きで、経営者にはなりそうにないから問題は少ないのですが、次男と長女のムコは、小さな会社ですが社長をしています。

今日は、この社長という職業の人に、先輩として、また元社長として言いたいことを書こうと思います。

その1つは、絶対に、社員や第3者に、確信的な証拠がないかぎり、「オカルト的なことやスピリチュアルなことは、言わないほうがよい」ということです。若いころ、私もよく失敗しました。それも含めて私は、次ぎのように自分にも言い聞かせて来ましたし、守ってきました。

①第3者が99・9％以上信用できると判断していること以外は、普通の人にとって（１）常識外れのこと、（２）目に見えないこと、（３）耳に聞こえないこと、を言ったり、書いたりしないこと（ただし、絶対信用できると思えることは別です。私にとっての「日月神示」や「聖書の暗号」のようなものは証拠つきで話してもよいでしょう）。

たとえば、私はオカルトや精神的なことが好きだと思われているもようですが、多くの拙著などに信用できる人と書いたのは、スウェーデンボルグ、エドガー・ケイシー、イアン・スティヴンソン、ブライディ・マーフィ、政木和三さんなど10人くらいの人だけですし、最近では「聖書の暗号」や「日月神示」くらいです。

興味を持ったり、肯定するのはよいとは思いますが、経営者としてこのような発言は、マイナスはあってもプラスにならないのが普通だからです。時間もムダです。

②ついでに言いますと、フシギなこと、びっくりする事実を話したり書いたりするのはいいことです。それを解明すると真実や未来や対処法が分る可能性が大きいからです。ただ、それらも事実以外のことを言ってはいけません。

私は佐藤政二さんや近藤和子さん、神坂新太郎さんにはびっくりさせられ続けました。

これらは事実ですから、いまは科学的に分らなくても具体的な例証とともに発表してもよいと思います。

③過去のこと、未来予測も、公表はほどほどにしておくことです。過去のことにこだわったり、言うのは、時間のムダになりがちです。また予測は当らない確率が50%以上あります。予測を発言するとそれにこだわるものです。言わないほうがいいでしょう。

④自分のことについては質問されたときにかぎり、最低限しか言わないほうがよいでしょう。

⑤客観視はよいが、それについてのプラス発想もマイナス発想も余り発言しないことです。

⑥人を認め、ほめることをやってください。

⑦他人の悪口や欠点の指摘はできるだけしないことです。

これらをまとめますと、リーダーという存在は、事実と絶対にまちがいないと思うこと以外は、気をつけて発言すること、そして他人を喜ばせ希望を持たせること。あとは7月

16日の本ページで述べる予定の「本物の経営のコツ」を守っていくことだと思います。

以上の中でとくに注意しなければならないのは、オカルトというかスピリチュアルというか、目に見えないことや耳に聞こえないことを言う人との付きあいは、よほど人間性のすばらしい人以外とは、ほどほどにしておくことです。

易者や霊能者との付きあいも、自分の趣味の範囲で、気楽にそっとやっておくのが無難です。それらの人々は、ほとんどが怪しい存在だからです。言うこともほとんど当りません。悪口を言ったり脅したりする「まやかし者」もいます。

私にはその種の知人がたくさんおりますが、お人柄のよい人としか深いお付きあいをしないようにしています。

なお、何度も言っているのですが、私自身は興味はありますが、オカルトやスピリチュアルとは本質的にはまったく無関係な人間です。

経営者として現実的・客観的に物事を判断する人間です。人の言は一切否定しませんし、差別しませんので、永年、誤解されているようです。要は自分さえ、しっかりしていればどうでもいいことなのですが、できれば誤解されないようにしましょう。

本ページの内容は経営者ならお知りおきください。

＝以上＝

4　常識的には「この世」は地獄。どうして苦しみ悩まねば進歩できないのか？

次ぎの文章は、これまで何冊かの拙著に、くりかえし書いたものです。私がもっとも納得している人生論とも言えます。それゆえここでも紹介いたします。この文章をゆっくりとくりかえしお読みください。ここに書いたことは、90％以上の方が納得されています。

＊

「あの世」こそ、私たちの故郷

私たちの故郷は、どうやら「あの世」らしい。そして私たちの本体は、霊魂＝意識体である。この地球という学校へ勉強に来て、いま寄宿生活をしている。故郷へ帰りたがってはいけないから、学校へ入る時に、一時的に故郷の記憶は、みんな消去させられる。

この学校での生活は、制約があって、努力しないと非常に生活しにくいように仕組まれている。だから、だれもが、いやおうなく勉強する。ここでは、肉体という不便な入れ物の中に各自が閉じ込められる。「あの世」では見たいものは何でも見えた。他の人たちの気持ちも、そのままわかった。どこへでも行きたい所へすぐ行けた。これでは、楽で便利すぎて、なかなか努力しないから、この世の制約のある肉体という入れ物の中で、霊魂という生命体の本体に勉強させるのである。この学校や寄宿舎では、だれもが努力して食べていかなければならない。他人にも負けたくない、向上もしたいと考えるようにできている。そうしなければ、生活しにくいのである。こうして勉強している間に、やがて入れ物＝肉体が老化し、故障し、壊れて、なつかしい故郷「あの世」へ帰れるようになる。

ただ、学校に入る時に、故郷のこと＝「あの世」の記憶は消去されているし、なるべく、学校でいろいろ学ぶために、この学校（この世）は最高の場所だと教えられる。そのため入れ物＝肉体はなるべく大事にし、老化や故障を起こさないようにし、他の仲間と仲よくするのがよいのだなということを、学校に入ってから自然とおぼえるように仕組まれている。

また、学校で効率的に勉強させるために、故郷で親しかった者や、昔、学校で知りあいだった霊魂たちを、なるべく一緒にするようなこともよく行なわれる。学校や寄宿舎での記録は全部残しておかれるし、今度、この学校へ再教育のために入る時に、それを参考にして入学日とか入れ物とか仲間が決まることになる。

さらに、この学校で学習したことは霊魂の中に貯えられ、「あの世」＝故郷で整理され霊魂のものとなるし、また再び学校に入学した時に、それが生かされることになると考えれば、だいたいご理解いただけよう。

こう考えると、「あの世」のことや、「死は終わりではない」などということは、人間は知らないほうがよいともいえる。

ただ現在では、人間という生命体の本体である魂のレベルが進化し、高くなった人も多くなったので、生と死の原理などが、われわれ人間に、徐々にではあるが明らかにされてきた、と解釈したい。人間は、野獣より、神に一歩近づいたようだ。だから、これからは天地自然の理を魂のレベルに合わせて少しは知ってもよいし、もっと知るよう努力するべきだ……。

＊

一昨年8月から今年1月にかけまして、体調がすぐれず、3回くらい「もうダメか？」と思いました。

そのたびに右記の文章を読みかえしました。そして「あの世」に行くのも、なつかしい故郷に帰れることなので、そんなに悪くないなと思ったものです。

しかし、そんなに簡単に「この世」からおさらばできないこともよく分りました。

私は70余年、病気らしい病気は1つもしませんでした。仕事も順調でした。

それでも、絶えず問題が発生し、悩みがあり、大変だったのは確かな事実ですが、これらはだれもが経験することでしょう。

経営コンサルタントとして、多くの人からむつかしい数々のご相談を受けました。仕事ですから、みなさんは本音で本当のことを相談されます。

それらを聞き、知りますと、人生とは苦しみ、悩みが過半で、別のコトバで言いかえますと、極楽10％地獄60％どちらでもないのが30％くらいになるように思えたものです。

それに比べますと、70余歳までの私は幸せなほうで、極楽10％地獄30％どちらでもないのが60％くらいでした。それでも苦しみや悩みは強烈ですから、やはり人生というのは「苦しむためにあるようだなあ」と思っていました。だから、上記の文を、くりかえし著書に載せたのです。

いま、病気になったせいで1人前に話せないだけでなく、外出もままならないし、人さまと食事もできなくなりました。まともに食べられないのです。周りの人、とくに家内には迷惑のかけっぱなしになりました。

こうなると、常識的には極楽0％、地獄90数％、どちらでもないが数％になりました。

どうして、こんなに苦しみ、悩まねばならないかを、とくにここ2年余はずいぶん考えました。「この世」から逃げ出そうとも行動しました。いっそ自分の意思で「あの世」に行ってしまおう…と、2回くらいは遺書を書きましたが、「あの世行き」が簡単にできないこともよく分りました。

とはいえ、いまも痛く、つらいことは変りありません。

何とかして健康体に戻ろうと、できるかぎりのあらゆる手法を肯じていますので、近々よくなるようにも思いますが、今日の時点（2010年7月中旬）ではまだ痛く、苦しみや悩みの多い日々を送っています。

おかげさまで、1年くらい前からそれらを受け入れ、逆に勉強に転化できるようになりましたが、これは家内のおかげと影響のたまものです。日々、精一杯看病してくれる家内に感謝している間に、その恩返しのためにもプラス発想ができるようになったのです。

個人的なことはこのくらいにしておきますが、人生には「生老病死」という四苦があるのは、否定できないと思います。さらに次々と悩みや苦しみが出てきます。常識的には、やはり「この世」を生きるというのは地獄のような状態の多いものだ、と思います。

それらから少しでも逃れたくて、人々は神や仏に手を合わせます。宗教を信じます。

神さまや仏さまのお札を多くの人は身につけていますし、最近ではその関連のようなグッズを多くの人が身につけています。考え方によっては、これらは悲しい「この世の日々」の実態です。

3年余りも病気をしていますと、お札やグッズのたぐいを多くの方から何百個もちょうだいしました。その中には、「絶えず持っていてください」「カラダにつけておいてくださいい」というような、うれしいのですが押しつけがましいものも数十個くらいあります。みな大事にはしていますが、身には1つもつけていません。そんなにつけられません。

ともかく人は、肉体を持っているだけに、しかもそれは病むものですからいたって弱い存在です。

というのは、それだけ、学びやすくできているすばらしい存在とも言えそうです。

このように、客観的に、人間を第三者的に冷静に見ますと、本項のはじめに書いたような「この世」と「あの世」の関係、「魂」と「肉体」の関係に落ち着くように思えるのです。

いまのところ人間は、どんなに長命でも１２０歳～１３０歳くらいで「あの世」へ旅立ちます。

普通は75歳～95歳くらいで90%くらいの人が「あの世」へ旅立つものです。

これから避けることができないとしますと、いまの人間の肉体が、本質的に不老不死か何かに変らないかぎり、「この世」は魂のための学校であり、われわれはまだ未完の存在であるが故に、もっとも勉強しやすいように「肉体」と「この世」があるようだ……と考えるのが正しいように思います。

だから現状を肯定し、一生懸命に勉強（経験）するのが、やはり大事なことだと言えるでしょう。

5 「お金」は必要だが付きあい方はむつかしい。経営（お金儲け）のプロなのに、できるだけ「お金」と縁を切りたい

読者の皆さん。アメリカという国が、なぜ独立戦争を起こして独立したかを御存知ですか？　まずは次ぎの話を読んでください。

通貨発行権をめぐる戦い

ボクたちは広大な北米大陸を西から東へ飛んでいった。

太陽がさんさんときらめく西海岸を抜け、大自然の中で生きるネイティブ・アメリカンや荒れた大地を耕す開拓者たちを眺めながら、東海岸のボストンに到着。街は活気にあふれている。

「すごいにぎやかですね」

「アメリカはイギリスの植民地だった。しかし、イングランド銀行のおカネを使っていたから交易は滞っておった」

「交易？」

「品物の交換や売買をすることじゃ」

「なるほど。で、なんでです？」

「簡単に言えば、おカネが不足していた。アメリカには豊富な資源がある。新大陸に夢を持って移住してきた労働者もたくさんいた。しかし、交換の媒介物であるおカネが足りなかった」

「ふーん」

「そこで当時の植民地政府は、全植民地で通用する紙幣を発行して使うようにしたんじゃ」

「へぇー」

「その政府紙幣が出回り始めてから、物資の流通が活発になり、新大陸の経済はどんどん発展を続けていった。取引に必要なおカネを過不足ないように自分たちでつくったんじゃ」

「それは賢いですね」

「なにより、銀行に利子を支払う必要がなかった」

「そうか！　銀行からおカネを借りなくても、必要なおカネは自分たちでつくればいいんだ！　政府ですからね。そりゃ信用があります」

「しかし、その状況を快く思わなかったイングランド銀行が国王に働きかけて、植民地政府がおカネを発行することを禁止してしまった」

「オー・マイ・ゴッド！」

「再びイングランド銀行の発行するおカネを使用することを命じられたアメリカは、一年もしないうちに通りが失業者であふれるほどの不況になった」

「なんてこった！」

「そこでおカネの発行権を取り戻すためにアメリカは独立戦争を起こしたんじゃ」

「そうだったんですか」

「実際、アメリカの憲法第一条八項には議会が通貨発行権を持つと書かれておる。中央銀行ではなくての」

「じゃあ、中央銀行がおカネを発行するのは憲法違反じゃないですか」

「うむ。だが、銀行家はあきらめなかった。政治家を買収したり、代理人を議員にしたりと、なんとか通貨発行権を手に入れようと画策し続けた。その結果、何度も通貨発行権が議会と銀行家の間を行ったり来たりしたんじゃ。しかし、通貨発行権を中央銀行から議会に取り戻そうと試みた大統領は次々と暗殺されてしまった。リンカーンもケネディもだ」

「ひぇ〜」

「たとえば、アメリカでもっとも尊敬されている大統領エイブラハム・リンカーンは、総額4億5千万ドルの新しい紙幣を印刷した。財務省の発行したこの紙幣は、銀行の紙幣と区別するために裏側を緑色のインクで印刷したからグリーンバックと呼ばれたんじゃ。リンカーンは、このグリーンバックで南北戦争の戦費を調達し、北部連邦を勝利へ導いた」

「あったまいいい〜!」

この話はバンクシアブックス（TEL　0774-72-5889）が発行する『みんなを幸せにするおカネの話』（みんなの幸せプロジェクト著）に載っていた記事をもとに、私が少しだけ付加した文章です。

アメリカ独立戦争の事実の一端を書いていると思います。

ともかく『みんなを幸せにするおカネの話』という本は、できればお読みください。お金とはどのようなもので、どう考えてお金と付きあえばよいか……がじつによく分ります。しかもこの本は本体381円で税込み400円。簡単に面白く読め、お金の意義がよく分ります。

同書には、お金はみんなを幸せにしなければならないが「①人を不幸にするシステムであり、②お金の歴史、③銀行の成り立ち、④信用創造のしくみ、⑤発行権」などを知って、上手に付きあおうと、その方法までが見事に書かれています。

今年の7月10日に発刊されたばかりの著作ですが、お奨めの本です。

私は本書（本音で生きよう）の原稿として、まず「お金」の成り立ちなどを書きたかったのですが、このような本が出ましたので、本書ではこの本の紹介だけにします。しかも同書は何冊も私のところへ、あちらこちらから送られてきました。

それからみても、私はよほど「お金」の専門家だと思われているのでしょうね。

もちろん、いつの間にか「みんなの幸せプロジェクト」のメンバーが、だれとだれかも知ってしまいました。書いた人たちは「お金」の専門家ばかりで、みんなお金の現実をよく知っている良心的な人たちです。

私は経営者でした。同時に、経営コンサルタントでした。これらを業として生きてきました。しかし、どちらかと言えば後者のほうが本業だったようです。1万社以上の会社に、数万件ものアドバイスをして来ました。

そのうち約半分、3万件くらいは、今すぐ売上げをあげたい、もっと利益をあげたい、いわゆる儲けたいという相談に乗ってきた男です。みんなお金に関する相談でした。

2003年4月以来、経営コンサルタントは仕事としてやめました。とはいえ、いまでも病気の見舞いなどの理由で週に10組～20組くらい来客があります。お目にかかる外部の人（家族や社員以外の人）は毎週30人～50人くらいはいらっしゃるでしょう。

そのうちの3分の1くらいは経営者です。経営者である彼らは、「先生、もう少し売上げと利益をあげたいのですが?」と必ずと言っていいほど話されます。企業は儲けるために存在しているのですから、当然だと思います。

昔とった杵柄《きねづか》でしょうか、少し聞けば「こうすれば売上げがあがるし、儲かるが？」と、すぐに分ります。

今日は7月中旬の某日ですが、3組5人の経営者が見えました。

そのうちの2人はある会社の社長と専務で、お2人とは初対面でした。紹介者は私の次男です。「私の会社は、こんな商品をつくっています。本物でしょう。しかし年商は20億円強くらいしかありません。日本だけで私の業界は2兆円のスケールがあります。いま打つ手はどうすればよいのでしょうか？　ぜひ教えてほしい」というご質問でした。

お2人とも本当によい人たちで、商品もすばらしいものでした。（これらも、私にはほとんどすぐに分るのです）そこで私の会社の秘書室長に「このお2人に○○さんを紹介してやってください」という連絡だけをしておきました。

この社長に人並みの経営力さえありますと、時代がそんなに変らなければという条件つきですが、私の紹介した人が協力してくれると思いますので、1年後に50〜100億円の年商に、5年後には100億〜200億円の年商に達していると思います。経営とはそんなものなのです。

利益も、いまの何倍も何十倍にも、2、3年で増えると思います。

もちろん経営の専門家ですから、日本航空はつぶれないけれども、常識的に再建がむつかしいことも分りますし、いまの政治家や官僚では、日本の財政再建はむつかしいだろうことも分ります。自民党も民主党もダメでしょう。彼ら政治家や官僚は、非常時の経営法が分っていないと思えるからです。

このように経営とか「お金」のことは「超プロ」の私にはよく分るのです。

世界経済も、資本主義も、もうどうにもならない状態ということもよく分ります。

近々に大変化するでしょう。2020年まで、いまのシステムは持たないでしょう。

私の本音は、経営はもちろん大事ですが、といって「お金」はほどほどあればよいと思っています。それはまともに働けば何とかなりそうだから、「もっと、もっと」などというこになりがちないままでの「お金」とは、もう縁を切りたいのです。

学生時代によく行った京都龍安寺の「つくばい石」じゃないですが、20歳のころにこの石を見てよく思ったように、お金についてはいままでは「吾唯《われただ》足るを知る（知足）」心境になってしまっています。

だから欧米人の資本家や経営者の金銭感覚が、どうにも気に入らないのです。

たとえば、業績がそんなによくないのに、カルロス・ゴーンさんの日産からの年収が8億9000万円（2009年）、ソニーのハワード・ストリンガー（会長兼社長、CEO）

さんの年収は、２００9年は（ソニーが赤字経営なのに）同社からだけで4億１０００万円と50万株のストックオプションで合計約8億円になります。こんなお金を平気でもらえる彼らの金銭感覚、そしてその美意識が、普通の人間とは思えないのです。

しかも調べてみますと、ストリンガーさんはふだんはウェールズにおり、毎月１～２回、ソニー本社へ出張してくるようです。どんなに名戦略家であったとしても、私には給料どろぼうのように見えます。

日本人の世帯年収が４００万円くらいだということを知りますと、「良心」と彼らの「お金」についての欲求心がいやらしくさえ思えてくるのです。少なくとも日本人なら大企業のトップでも5億円以上を自分の会社から給料などで取る人はいないのではないか……と思います。高い所得税を払っても、１億円も年収があれば充分です。

最近は、お金とは家族が質素に楽しく生きていければよいもの……と思えてなりません。と言っても、なければ困りますから、働ける人は正しく働くこと、そして正しく稼ぐことが大事でしょう。

付　私の元秘書こだまゆうこさんの本音　「世界一すばらしい国、日本」

ドイツのアーヘン市に今年（2010年）4月から在住の、私の元秘書で文章の上手なこだまゆうこさんが毎週送って来る「ドイツだより」中の文を紹介します。これは7月1日付けで「にんげんクラブ」のホームページ用に送稿されたものです。


『世界一すばらしい国、日本』

こんにちは。にんげんクラブドイツ在住のこだまゆうこです。

一昨日のサッカーワールドカップでは、日本選手がとても活躍していましたね。

彼らの勇姿から、たくさんの元気をもらった、という方がかなりいらっしゃるのではないでしょうか。

こちらドイツは、宿敵イングランドとの戦いで圧勝し、市民のサッカー熱は最高潮に達

しています。
ブラジルの預言者ジュセリーノさんの予言ではドイツが優勝するということになっているそうですが、さて結果はどうなるでしょう。

（写真は、ドイツの初戦がはじまる3時間前の市民広場。試合直前は、ライブ会場さながらのものすごい人で埋め尽くされます。警官が多く配置され、荷物などのセキュリティチェックがあります。）

にんげんクラブの会員様は、当然ながら日本が大好きだと思いますので、今さらここで書く必要もないかもしれませんが、本日はドイツにいる私から、日本がどれだけすばらしい国であるか、ということをお伝えしたいと思います！

先日、ドイツ語教室で、このような例文を読む機会がありました。

Ist das ein Fotoapparat oder eine Videokamera?／Das ist ein Fotoapparat. Der Fotoapparat ist sehr praktich. Er kommt aus Japan.
（これは、カメラですか？　それとも、ビデオカメラですか？　これはカメラです。このカメラはとても便利なカメラです。これは日本製です。）

別に普通の例文ですが、クラスで唯一の日本人である自分が読むには、なんだか少しお国自慢のようで、誇らしいのだけれど、うれしいような恥ずかしいような複雑な気分でした。

この例文で見るまでもなく、日本の製品は優れている、という共通の認識が世界中にあります。

そして私の複雑な心理を見るまでもなく、日本人の多くの人は褒《ほ》められるべきことを、自慢せずに謙遜してしまう、という特性があります。

日本は文句なしにとても優れた国ですが、残念なことに、当の日本人はその良さをあまり理解していません。

日本は世界で最もすばらしい国です。そして日本人の平均的な精神性の高さは、世界でも群を抜いていると思います。（これを書いている私は日本人ですから、説得力がありませんし、客観性には欠けるかもしれませんが）これは間違いないと思います。

言うまでもなく、日本は世界の中で、最も平和で安全な国です。精神性には個人差がありますから、犯罪がゼロというわけにはいきませんが、海外に比べるとかなり少ないほうでしょう。

こちらドイツは、ヨーロッパの中でも最も豊かで安全で便利で、暮らしやすい国のひとつです。しかし、その安全や便利さとは「他のヨーロッパ諸国と比べれば」というレベルです。都心部の観光地や駅のホームなど、人の多い場所では、常にスリに気をつけねばなりませんし、夜は女性が一人で出歩くのはやはり危険でしょう。

私はドュッセルドルフやケルンなどの都会に、ほんの4回くらいしかまだ行っていませんが、4回のうち1回は、スリの女性にカバンを半分開けられました。

幸い途中で気付くことができたので、財布をとられることはなかったものの、ヒヤっと背中に寒気がして、その日は一日気分が悪い思いをしました。

この話を、ドイツ語教室のみんなにしてみると、「あ、それは私もやられた」「私の友達も」などと、他にもスリに狙われた人が多かったのはびっくりでした。

アーヘンのような田舎町ではスリなどの心配はおおむね大丈夫のようですが、それでも日本よりは気をつけて歩いています。

日本の安全と、日本人の精神性の高さをよく現しているのは、観光地に行った際によくわかると思います。日本の観光地では、写真を撮っている人がいると、

「よろしければお撮りしましょうか?」と、見知らぬ人が声をかけてくれることがよくあります。

「ありがとうございます。ではお言葉に甘えて。」と、日本ではごく当たり前のように行われるシチュエーションですが、これは海外ではまずありえません。

見知らぬ人が同様に親切そうに声をかけてきたら、それは別のところに気をそらせて、その他のメンバーがスリをするか、カメラそのものを盗られてしまうか、マシな場合では、写真を撮ってあげるけれども後からチップを要求する、というのが通常のシチュエーショ

ンです。

以前、海外の観光地で老夫婦が一人ずつ写真を撮っているところにたまたま居合わせたので、「ご一緒にお撮りしましょうか？」と声をかけると、ものすごく嫌な顔をされ「No!!」と断られました。

その時は「なんだ、人が親切に声をかけたのに、失礼な」と思ったのですが、今考えてみると、あのご夫婦の態度は別に珍しいものではなく、自分たちの身を守るために、正当な主張だったのです。

海外に住むようになって初めて、彼らの気持ちがわかりました。

また、日本は便利さでも、海外とは比較にならないほどです。

すべての仕事が迅速できめが細やかで、人々はたいていのことに安心をしています。

トラブルとは、ないのが当然という認識に基づいて、日々の生活をしています。

たとえば、携帯電話の契約ひとつをとっても、（以前このブログで、携帯電話の契約でトラブルがあった話を書きましたが）じつはドイツに住んで3カ月ほどたった今でも、きちんとした契約ができていません（笑）。

日本では、20分〜30分ほどでできる契約ですが、こちらでは毎回何時間も待たされて、すでに4回も携帯ショップに足を運んでいますが、いまだに満足な契約ができないのです。

それらは、他人の契約したICチップが送られてきたり、Uedaのスペルが間違ってVedaになっていたり、二つ分の携帯を契約したのに三つ分の料金が引き落とされたりと、一つを直すとまた一つ間違い、時間と手間をかけて、笑ってしまうほどの単純なミスを何度も繰り返してくれるのです。

ある担当者は英語専門の名札をつけ、それまでずっと親切そうに英語で喋っていたのに、自分の仕事に非があることがわかるとそれを隠すために、ドイツ語でさんざんまくしたてて、お客さんであるはずの私たちを犬のように追い返しました。

また別の担当者は、こちらはパスポートのコピーも渡しているし、スペルが間違っているよ！　と5回以上言っているのですが、「後で直すから」とその場ではとりあおうとせず、結局一カ月後にもそれは改善されず、再度足を運ばせる…といった状況でした。

前回行った際には、契約書を書き直させた上で二時間以上待たせた後、「今日は本社のサーバーがダウンしているから、来週もう一度来てください」とのことでした。五度目に足を運んできちんと契約が上手くいくのかも、まだわかりません。

半分笑い話と思えるほどの、ウソのような本当の話です。上手くいって当然と思っていたらとても腹が立つので、まぁそんなこともあるのか、と思うようにしています。

しかし、どんないいかげんな気持ちで仕事をしたら、たかが携帯の契約でそれだけ時間をかけ、間違えられるのだろう？と思ってしまいます。

（まぁ、これは私の人生がこのようなことを引き寄せている、とも言えるのですが）


他にも、日本で宅配便を届けてくれる人は、たいていとても親切で、時間通りに必ず来てくれるし、その人がいなければきちんと不在表を置き、何度も訪問しては確実に荷物を届けてくれます。それが、かなり辺鄙《へんぴ》な場所であってもです。

こちらでは、宅配便の配達は時間指定などもちろんできません。

以前日本からドイツへ引っ越してくる際に、一箱25キロの荷物を3つほど送りました。それらは確かに重かったのですが、配達人は当然のように荷物を一階に放置して帰りました。

一人でそれらを抱えて3階（日本だと4階の高さ）まで運ぶのは、とても重くて、涙が出そうな作業でした。重い荷物を運びながら、もしもこれが妊婦さんやお年寄りだったら、どうしていたのだろう、と心配になりました。

また、配達先の人が不在だった場合は、何の連絡もなく、近所の別の住人に預けて帰ります。そして預けられた別の住人は、近所だからといって本人に届けたり、連絡してくれることもなく、預かったら預かりっぱなし。本人が取りに来るまで、いつまでも預かったまま放置しています。（我が家の荷物は、二週間近く放置されていました）

日本では信じられない話ですが、こちらでは日常のことです。

そしてここドイツは、何度も言うようですが、ヨーロッパの中でもかなり便利で、安全で、暮らしやすい国です。私はドイツが嫌いなわけでも、ドイツの悪口を言っているわけでもありません。

それどころか、住んでいるのですから、当然ながら大好きです。

ここに書いたことは、ドイツのささいな欠点の指摘と言えるのかもしれませんが、どれだけ日本が恵まれた環境であるのか、ということを皆様に伝えたいために、これらを例として書きました。

日本のメディアは、よく日本の悪口を言います。他国と比べると見えないほどの欠点をわざわざほじくり返して、日本がいかにできていないかを伝えがちです。歴史の時間でも、第二次大戦前の日本がいかに間違っていたかを子どもたちに教育してきました。

そのような環境で育った私も、かつては日本の悪い部分しか見えず、日本が好きになれなかった日本人の一人です。

日本人はそろそろ、胸を張って日本のすばらしさを語ってもいい時期でしょう。

サッカーワールドカップのプレーでも、「私は日本人のプレイヤーが大好きよ。彼らはファウルをしたら必ず相手に謝るし、優しくて礼儀正しい。他の国のプレイヤーもそうあるべきだと思う」と、たくさんの人から言われました。

そのようなプレーを当たり前だと思う日本人であることに、私はとても誇りを持っています。

最後に、かつて日本のことをたいして好きではなかった私が、日本を好きになったきっかけの言葉をお伝えして、この文章を終えたいと思います。

それは、10年ほど前にタイに行って、一流大学に通う大金持ちの学生たちとお友だちになったときに言われた言葉です。

ベンツを乗り回し、豪邸と自分の経営するアパートをいくつも持っているセレブな彼らに気後れして、「私は日本で何もできないし、どうせ貧乏だから…」と言った際、彼らがくれた言葉は、当時の私には予想もしないものでした。

以下の言葉は、20歳前後の自分が同年代の外国の友だちから言われているような気分になってお読みください。


「君は、自分が日本人として生まれてきて、どれだけ恵まれているのかわかっているかい？

貧乏だからと君は言ったけれど、この国の大半の人よりも、君はすでにお金持ちなんだよ。日本は植民地にもならなかったし、安全で快適な国だ。日本人はとても頭が良くて、親切で、作る製品の性能はとても良い。アジアではずっとナンバーワンだ。

僕らは日本人を心から尊敬している。

僕はタイ人として生まれたから、もちろんタイを愛しているけれども、できることならば、日本人として生まれて来たかったと思っているよ。僕はお金持ちだけれど、それはお金の問題じゃない。お金では買えないものが、日本にはあるんだ。

たぶんこの国の大半の人間は、日本人として生まれて来たかっただろうと思う。

この言葉が、どれだけ重要なことを意味するか、わかっているかい？

たぶん、今の世界を平和にできるのは、日本しかないだろう。もちろん僕らもがんばるけれど、僕らは世界平和について、日本に大きな期待をしている。君はもっと、日本と自分に誇りを持ったほうがいいよ。ねぇ、日本に生まれたラッキーガール（ボーイ）。君は日本人として、この世界に何ができるかな？」

10年たった今でも、この言葉はとても鮮明に記憶しています。

日本人としてやるべきこと、やらなければならないことがある。

日本のすばらしさに感謝しながら、日本人として誇りを持って生きていきたい、そう心から思っています。

第5章

「本音」からと思える、心うたれる日本人の美的意識

最近話題の本に、新潮社刊の『日米交換船』があります。日米が開戦した翌年、1942年（昭和17年）に、両国は相手国に住んでいた自国民を船で中立点まで運び、交換しました。

その第1次交換船で帰国した鶴見俊輔さん（哲学者）の発言を中心に書かれたのが、この本です。この第1次日米交換船では、多くの知識人が帰ってきました。彼らは常識的で世界情勢が分り、日本が戦争に敗《ま》ける予感を持ち、当時、世界一自由で豊かだったアメリカを大好きだった人が多かったと思います。

それでも、あえて祖国である日本に帰って来ました。それは日本人の美的意識によるものだと思います。その美的意識の1つに特攻隊で散った若者たちがいます。

また、私のホームページで今年7月2日に紹介した『トレイシー』という講談社刊の本で発表された日本人の戦時捕虜の実態も、日本人の美的意識を示しています。

みんな日本人の本音だと思うのです。それは美的意識でもあるでしょう。正しい美的意識を養うことこそ、人生の目的の1つとも言えましょう。

本章では日本人の美的意識を取りあげたいと思います。なぜなら、それはいまのところ世界でも独特のもので、私が日本人だからか、本当に心うたれることが多いからです。日本人の美的意識はすばらしいと思えるのです。

1 神さまのお告げ、博愛主義ではいけないのか？

10日ほど前に、森美智代さんからお手紙と彼女の画いた何枚かの絵と書をちょうだいしました。

森さんはある面で有名な人です。変った人でもあります。食べない人で、過去13年も14年も1日青汁一杯だけで元気で大活躍中の人です。1962年生まれ、身長155㎝くらい、多分体重は60㎏はあると思います。丸々した福々しい方で彼女には「人は喰べなくても生きられる」ことを書いた著書も何冊かありますが、実際に実証している人です。

故人になられましたが、甲田光雄さんの一番弟子を任じている人で、彼女の著書『食べること、やめました』（マキノ出版刊）は一読の価値があります。

私が彼女に惹《ひ》かれるのは、その美的意識というか、きれい好きで博愛主義者な点です。「すべての人が、よくなるように」と志向して、絶えず生きているその意識と態度です。

本書で書きましたが、私は人を差別できない人間で、「すべての人に好《よ》かれ」と思って対応し、行動するクセがあります。

気があう人、あわない人はいますし、好きな人、嫌いな人もありますが、私の特性は「平等主義、博愛主義であることだなあ」と、いつも本音で思っています。それが人として正しく思えるのです。これは哲学であり美的意識なのです。

ところが3年ほど前から、何人かの「神（?）のお告げ」を届けてくれるという信頼できるまじめな人たちから、別々に次ぎのようなことを言われました。彼らの論旨はみんな同じです。

「船井さん、あなたの今生の使命、役割から言うと、とりあえず『世の中の変化が分る人、それも正しい方向が分る人々』にだけ、大事なことを伝え、啓蒙してください。すべての人にというのはいまはまだ無理ですよ……と神さま（?）がおっしゃっています」と。

「理由は?」と聞くと、「まだほんの一部の人しか、世の中が変化しなければならない理由が分っていないからです。分らない人たちに伝えても、それはムダというより、かえって邪魔されるだけだからです。マクロにはいま、すでに一握りの分る人たちが、世の中をよいほうへと変え、多くのまだ分らない人は、それについていけばよいようになっているようですよ」と。

この論旨は、神（?）のお告げを教えてくれる人に、ほぼ一致します。

私や森さんのような博愛主義者は、本当は正しいのだが、いまの地球人にそれで押しとおすのはまだ早すぎる、というような趣旨です。これは気になることです。私の哲学に反します。

このことに関係すると思いますので、ここで少し大事なことを書きましょう。

世の中では、「マヤ暦が終る日は2012年12月21日だ」と多くの人が思っています。しかし、これは計算がまちがって出てきた日づけのようで、本当は「2011年の10月28日だ」ということが、最近はっきりしました。まちがいないと思います。それを計算した人は、マヤ暦研究家のカール・ヨハン・コルマン博士です。彼の本業は生物学と環境学を専攻するスウェーデン国立ダーナラ大学の教授です。

彼は「よく当る近未来予測と評判のコルマンインデックス」の主宰者で、日本人では高島康司さんと親しく、今秋から今冬にかけて、「日本に来たい」という打診が私のところにもありました。

私の直感では、これは「聖書の暗号」や「日月神示」にも関係することですが、2011年10月28日までは神（?）が人間社会を99・9%以上コントロールしていますが、その翌日の10月29日からは「有意の人々」が人間社会をコントロールするか否かを決められるようになる…ということだと解釈しています。

なぜこんなことを言うかは『未来予測　コルマンインデックスで見えた日本と経済はこうなる』（２０１０年６月、徳間書店刊　高島康司著）などをお読みください。お分りいただけると思います。日本人的意識で「なるほど」と読める本です。

私は同書内で序文を書き、推薦・解説もしております。

この「有意の人々」は、いまのところ一般大衆ではなく、まちがいなく近々に「世の中は大変化しなければならない」ことを論理や美的な感覚で知って行動しようとしている人々のようです。ともかく２０１２年12月21日には何も起こらないと思えますので、同日前後に大変化があると思っている方々は、考え方を訂正しておいてください。というのは、２０１２年12月21日という日づけには、「闇の勢力」と言われている一部の裏の支配層の「美的ではない思惑」も入っていると思えるからです。それは一種の脅しです。そんなことを信じてはいけません。

ここで、最近びっくりしたことを話します。

私の著書『２０２０年ごろまでに世の中大転換する』は、現在の世界の最先端技術を書いたもので、究極の兵器「プラズマ・ウェポン」や地震兵器をはじめ「動植物活性装置」、

「地震の完全予知法」など、すでに実現していると言えるものを詳しく説明しています。

　この本があっという間に2万部以上も売れました。これを読んで分る人はたぶん「有意の人」と言えるはずです。

　その売れ行きに著者として私がびっくりしたくらいです。ほとんどの人にこの内容は分らないだろう……と思いながら、それでも文章は丁寧に書きました。まずは多くの日本人の「有意の人」に、大事なことを正しく知ってもらうことが重要だと思いつつ、「しかしまだ早いか」と懸念しながら書いた本です。

　ともあれ、前述の拙著や高島さんの著書を、ぜひ日本人的意識（？）でご一読ください。詳しくお分りにならなくてもいいのですが、世の中の流れだけはしっかりとおつかみいただけると思います。

　そして、「お金だけ、いまだけ、自分だけ」でない美的意識、たとえば日産のゴーンさんやソニーのストリンガーさんとはまったくちがう日本人的な美的意識が、今後、大事になる時代だと私が言いたいことも、お分りいただけると思います。

2　どうすればイシヤを包みこめるだろうか？

本書の読者には、いまさら「日月神示」について説明するのは不要だと思います。「日月神示」については多くの研究書が出ています。その中でもっとも分りやすいのは、中矢伸一著の『日月神示　完全ガイド&ナビゲーション』（徳間書店刊）と、岡本天明著、中矢伸一監修の『日月神示』の上下巻でしょう。これは東光社（TEL　048‐658‐1555）から発刊されています。

さらに読みたい人は、岡本天明書記、岡本三典解説の『原典　日月神示』（新日本研究所刊）や岡本天明著の『ひふみ神示』（コスモ・ビジョン刊）をお読みください。どんな神示で、どんなことが述べられているかの概要は、これだけで分ると思います。

私は数年前まで「日月神示」については詳しく知りませんでした。ただ、この神示を半強制的に書かされた岡本天明さんの奥さんの三典さんとは個人的に親しかったので、多少のことは知っていたくらいです。

とはいえ、はじめて至恩郷（天明さんの神殿）を訪ねたときに、ちょうど至恩郷が火事になって燃えていたところだったり、それ以前から、少し付きあいのあった大本教では、天明さんの神示を重視していないことを知っていましたので、気楽にこの神示のことを考えていました。しかし、『完全ガイド&ナビゲーション』を読み、その内容にびっくりし注目しはじめたのです。少し、わずらわしいと思うこともありますが、神示の内容が美的な哲学に合うからです。これを教えてくれる神々は博愛主義者だと思います。

その縁で中矢さんと親しくなり、詳しく知りはじめました。

さらに、「聖書の暗号」を知ると、その中に「日月神示に、大事なことはみんな書かれている」旨、示唆されていました。

また、大本教の聖師と呼ばれ、稀代の超人だったと言われる出口王仁三郎さんの述べられた多くの神論の「まとめ」のようなものが、「日月神示」に当るらしいことも分ってきました。

結論は

①これからの人類には常識的には大難がある。天災・人災があるだろう。

②それを救う方法は人間として美的に正しく生きること以外にない。

③とくにイシヤ（フリーメーソン）を包みこんで、協力してもらうことで、いままでの考え方、システムを変えることが必要になる。

④日本人とユダヤ人が手を結ぶことも大事なポイントである。
⑤とくに日本人の「有意の人」たちに大きな役割がある。
⑥それらを経てミロクの世（極楽の世）になる。

ということのようです。

そして、これらのことにつきましての詳細は、中矢伸一著の『「地」の叡智　日月神示』（徳間書店刊）などに詳しく書かれていますので、できればお読みください。

「大本神論」や「日月神示」ではイシヤ＝石屋＝フリーメーソン（イルミナティ）＝国際資本家が、いまの世の中の隠れた支配層で、いまのところ害悪の中心だと読めます。

これは「聖書の暗号」でも同様です。

「日月神示」では、「一四八」という三文字で「イシヤ」を表記しています。

まず、この「一四八」という三字は、『下つの巻』の第16帖に現われます。１９４４年（昭和19年）7月29日の夜に下りた神示で、〃イシヤの仕組にかかりてまだ目さめん臣民ばかり。日本精神と申して卍《ブツ》の精神や十《キリスト》の精神ばかりぞ。今度は神があるかないかを、ハッキリと神力見せて、「イシヤ」も改心さすのぞ〃という文章です。

次ぎに『下つ巻』の第22帖に〃アイカギ　ヽ　○　⦿　コノカギハ　イシヤト

シカ テ ニギルコトゾ〃と7月28日の神示に出てきます。

これらは、フリーメーソン＝イルミナティとも仲よくするのが大事ですよ、彼らも改心するし、よいところがあるから……ということになるようです。

これらのことについて、日月神示研究家の中矢伸一さんは、私との共著『いま人に聞かせたい神さまの言葉』（徳間書店刊）の中で「はっきりとは断定できないが」と言いながら、分りやすく次ぎのように述べています。

その一部を、以下に紹介します。

日月神示には悪の総大将の、「イシヤ」というのが出てきます。これはフリーメーソンのことです。

フリーメーソンといわれる組織は、広く知られておりますけれども、自由石工業者のギルド（組合）が組織の発祥だといわれています。イシヤ＝石屋ですね。

フリーメーソンが世界を支配する陰謀を企てているという話は、戦前から盛んに行われておりまして、ヒトラーもこれを信じていたといわれています。ですから、「イシヤ」という隠し言葉にして、「イシヤの仕組み」ということが日月神示に出てきます。

ただ、フリーメーソンが国際的な悪の陰謀《いんぼう》集団の正体かというと、私個人としてはそうではないと思うんです。いまではだいぶ情報公開もされていますから。

（中略）

日本の重要な法案は、すべて「イシヤ」が関与しているようです。突っ込んだ取材を重ねると、国民が知らないところでいろんなことが進行している実態は確かにあるのがわかります。日本の重要法案は、彼らの許可なくしてはつくれない。戦後一貫して、彼らがつくっているとある方から聞きました。

しかし衆参両議院を通らないと法案は成立しないわけですから、いったいどういう仕組みなのかとも思いますけれども、はっきりそう教えられました。

戦後の日本社会では、ありとあらゆるところが変な存在に押さえられています。だから本当に人々を幸福にできるようなものは、出てこれないようになっている。

例えば医療にしても、本当に病める人を治すものは出ない。これは、私自身も健康食品などにかかわっているのでよくわかります。それにすごく締めつけが厳しいのです。

本当に治せちゃうと医療業、製薬業界にとっては商売があがったりになりますから、そうはさせないように弾圧する。

例えば厚労省なんかも、自覚的にそれを弾圧しているのではないかもしれませんが、そうせざるを得ないように仕組まれている。各方面で、「イシヤ」にお金を吸い上げられていくような仕組みになっているわけです。だからそれに反するものはどんな分野であっても、絶対に許されない。

でも、日月神示ではそれすらもひっくり返るというんです。日月神示がこういうふうに注目をされてだんだん広まり出したということ自体が、もう既にそのあらわれであろうと思います。

（中略）

「イシヤ」の正体は、陰謀集団というよりも、地球規模でのお金儲けグループだと言ったほうがわかりやすいかもしれません。彼らの資金力というのはとてつもなく、一国まるごと買えるぐらいのものを持っていると聞いております。さらに霊的に分析するなら、彼らイシヤを背後から支配する霊的な勢力があると思っています。

（中略）

イシヤの持っている技術は、技術の博覧会などで出てくる技術よりもはるかに進んでいるそうです。

日本は今、本当にがっちり押さえられています。だからどうにもこうにも身動きできない。日本独自で、自分たちの国のために、例えば本当に志《こころざし》の高い政治家が立ち上がって、自分たちの国のためにこうやりたいといっても、絶対それはできないような仕組みになっています。
今の日本の国家自体、がっちりこれに組み込まれています。日本の政治家も日本のために志をもって、政治をやろうとしても難しいのが現状です。彼らに支援される形で閣僚になれば、資金もいっぱい援助される。地位も名誉も保障される。逆らったら最後、失脚させられる。どっちをとるかといわれたら、やはり自分の益になる安全なほうをとってしまうわけですね。長いものには巻かれろ式でないと、政治家としてやっていられない。そういう意味では、自民党になろうが民主党になろうが、今の状態のままではどこが政権をとっても同じなんですよ。

（後略）

彼らがすでにプラズマ兵器を持っていることは、本書の第3章で述べました。地震兵器も持っています。一方、よい面の技術もいろいろ持っているようです。本書の第3章や拙著『2020年ごろまでに世の中大転換する』（徳間書店刊）をお読みください。話は変りますが、私は作家の加治将一さんが大好きです。彼も私と気があい、手紙をくれたり、電話があったりします。
彼は著作のために、徹底的に調査する人です。小説ですからフィクションとは言え、書かれていることの99%は信用してよいと思います。

前述したように太田龍さんから、「明治天皇は替え玉だ」と言われ、明治天皇や爬虫類的知的異星人、さらにフリーメーソンについても多くの資料をもらいました。それらは彼の著書10冊くらいの他、第3者の書としても『裏切られた三人の天皇』（鹿島昇著・新国民出版社刊）など多くありました。

一応は読みましたが、いろいろ疑問に思い、それらに詳しい人を探しているときに、加治さんと親しくなったのです。

たぶん、フリーメーソンや幕末のこと、孝明天皇や明治天皇のことを、もっとも真剣に調べていた人の1人が加治さんだと思います。

できれば加治将一著『幕末維新の暗号』、『あやつられた竜馬』（ともに祥伝社刊）だけでもお読みください。「イシヤ」についても、中矢伸一さんのコトバも、ある程度は納得していただけると思います。

ついでに太田龍さんの『天皇破壊史』（成甲書房刊）を読みますと、おぼろげながら江戸末期から現在までの日本がたどった天皇制などの歴史上の筋書きが、それなりに読めるような気がします。

この辺で本筋に戻ります。

私はイシヤというか、フリーメーソンをつくった存在である闇の勢力の本体は、「聖書の暗号」に示されているように1996年〜98年くらいに地球域から去ったというのが正しい答えだと思っています。

それは爬虫類的知的異星人だったかもしれないと思いますが、ともかくいま、まだその残党がいろいろな画策をしているようですが、急速に力を失っています。

アメリカの没落もその一つです。そのことを、アメリカ人はもとより彼らは身に沁みて感じているはずです。と言ってアメリカの代りに中国の時代になる……ということも、中国の持つ自由抑圧体制からみて絶対にないと思います。

「聖書の暗号」や「日月神示」の示すように、近々世の中が大きく変る可能性が高いように思われます。時流は変り、さらにこれから大変化するでしょう。

日本人的な美的意識、いわゆる「お人よし的生き方」でイシヤを包みこめば、充分に「よい世の中」を創ることは可能だと思えるのです。そのためには日本人が大難を中難にし、中難を小難にしなければなりませんが、それは日本人の「有意の人」の意識と役割のように思えます。

できるだけ日本人は「日月神示的生き方」を実践し、正しく生きればそれでよいのだろう……と、あんがい気楽に考えています。

話は変りますが、つい先日2冊の本が送られてきました。

1冊は小学館刊、原田武夫著で『狙われた日華の金塊』という本です。「アメリカはデフォルトを仕掛けようとしている」という内容の本です。同書では、アメリカは国家破綻を自ら画策しており、結局ゴールドは安くなるという話ですが、いま資本家たちの話題になっている1冊です。

もう1冊は、発足したばかりの出版社である㈱ヒカルランド（TEL 03-6265-0852）の処女出版で、7月21日発刊日の『この国のために今二人が絶対伝えたい本当のこと』です。中丸薫さんと菅沼光弘さんの共著です。

北朝鮮問題を中心に米・中をはじめ、世界の情報機関、暴力団などの実態や策略が見事に書かれていています。3分の1くらいは知っていることが書かれていましたが、この2冊は非常に参考になりました。しかしいま、この種の本が日本で乱れ出、しかも買われ読まれる時代ということは、早晩、いまのような社会環境に人々が耐えられなくなり、どうしても日本人は「日月神示」的に生き、結局「イシヤ」を包みこまざるを得なくなる前兆だとも思います。

そのためには陰謀や策略だけでなく、日本人らしく働き、学び、稼ぎ、与える生き方が、やはりよいのではないでしょうか？　これこそ日本人の美的意識と言えそうです。

日本人としての生きるポイントは国や公共団体に助けを求めるよりも、「自助」だと思えてなりません。

3　どう考えても日本人と日本列島、日本語は大事だと思うのだが？

最近の私は『聖書の暗号』と『日月神示』に凝っていますが、40年ほど前から20年間くらいは『ヒマラヤ聖者の生活探求』と『カタカムナ』に凝っていました。

前者は訳者が私の親友の中里誠吉さんだったからでもありますが、１９７０年ごろからの最大の愛読書でした。

〝The Life and Teaching of Masters in the Far East〟と、著者のベアード・スポールディングさんを多くの人に紹介したのは、あんがい私かも知れません。

また、イヤシロチ、ケガレチと言えば、いまではだれでも大体の意味が分ると思いますが、これは「カタカムナ」語です。大昔、日本に住んでいた人たちのコトバが「カタカムナ語」だったようだと思えるのです。

カタカムナのことを世の中に紹介したのは、楢崎皐月《さつき》さんという天才的科学者でした。彼は1899年（明治32年）生れで、1974年に75歳の生涯を閉じられた人ですが、2人のフシギな人と会い、それがもとでカタカムナの研究を続けられたようです。

その2人とは次ぎのような人です。

1人は1944年（昭和19年）に、今の中国の吉林で盧有三さんという当時90歳くらいの仙道の老師と会い、日本の超古代文明などについて多くのことを知らされたようです。

もう1人は1949年（昭和24年）の1月から3月に、六甲山系の金鳥山で穴居生活をしながら研究していたとき、平十字さんという猟師のような人に会っています。この人から、いわゆる「カタカムナ文献」と楢崎さんが名づけた古代文字の巻物の文献を見せられ、盧有三老師の教えてくれたことを思い出し、これを写し、その後、解読に取りくんだというのです。この文献がすばらしい知識を楢崎さんに与えてくれたようです。事実この文献から「イヤシロチ」や「ケガレチ」というコトバが出てきました。楢崎さんは、この文献を「カタカムナの神の御神体」と判断したようです。これがいわゆる「カタカムナ文献」です。

その後の楢崎さんの研究や活躍に大きな影響を与えたのも、この2人の人物の教えと美的意識のようですが、私の見方では、2人とも普通の人ではないように考えられます。おそらく超人たちだったのでしょう。だから妙に惹かれます。

古事記や日本書紀にもカタカムナのことは1字も書かれていませんが、「カタカムナ文献」を読み、楢崎さんのことを研究しますと、カタカムナ語は日本語の根源だったのが分ってきます。

そして私なりに知ったのですが、日本人、日本列島、さらに日本語には、特別の意味があると思われてならないのです。これは実に大切なことです。

おかげさまで日本、日本人、日本語などにつきましては、かなり詳しくなりました。それに触れた拙著に、太田龍さんとの共著『日本人が知らない「人類支配者」の正体』（2007年10月、ビジネス社刊）があります。よろしければ同書の第2章と、その前の「日月神示の件も含めて43ページから111ページくらいまで」だけでもぜひ読んでください。

これだけで、日本人であることの意味が分ってきます。

そこのところの目次だけを以下に紹介します。ぜひ参考にしてください。

◆『日月神示』が予言する日本の立て直し
†日本の立て直しを予言する『日月神示』の役割――43
†2011年から、日本の方向が変わる――44

✝間もなく日本は「みろく（五六七）」の時代に入る――45
✝「○」に「丶」を入れる使命――49

第2章
西洋に破壊された日本型文明の復活
「カタカムナ」『古事記』『日月神示』が明かす日本の言霊

危難の舵《かじ》を変える日本人の知恵
✝シャーマニズムとは宇宙・万物万象との調和、一体、共鳴、共感――56
✝地球の歴史を物理学的な運動の視点から解明した科学者――57
✝天武天皇の「殺生肉食禁断の詔勅」は21世紀以降の文明のテーゼ――59

『カタカムナ』が説く日本人の特殊性
✝楢崎皐月《ならさきこうげつ》の「イヤシロチ」と「ケガレチ」の研究――62
✝大和朝廷以前に住んでいたカタカムナ人――65
✝「YAP」という特殊な遺伝子を持つ日本人――67
✝『カタカムナ』の「潜象」という概念は素粒子論にあてはまる――69
✝1万3千年前に洞窟の絵が消えたのはなぜか？――73

日本人だけが持っている「言霊」の不思議
✝七沢賢治氏の「数霊とコトバ」について――76
✝「五十神マンダラ」と「五十音マンダラ」図――78
✝言霊とは人類の祖先が最初に発した感嘆感動の言葉――82
✝「父音」とは、あらゆる生命を生み出そうとする「聖なる意志」――83

正しい大和言葉を崩壊させた闇の権力
✝天武天皇が決めた日本の五つの国策と制度――86

†『古事記』上巻には宇宙創造の生成過程が書かれている――90
†日本語の母語の崩壊の背後にあるイルミナティとタヴィストック研究所――93

◆なぜ、『聖書』から異星人に関する記述が削除されたのか

†イルミナティもフリーメーソンも力をなくしている――95
†テレンス・マッケナの「２０１２年12月22日」の意味すること――98

◆西洋とは文明人に成り損なったウィルス的存在

†ダーウィンの「進化論」は間違っている――102
†無生物から生物が発生したことを説かないダーウィン「進化論」の限界――105
†文明の生成発展過程を明かす「易経」と「老子」「荘子」――108
†文明の悟りを開き損なった人が野蛮、西洋人――110

私の友人に「日本語と日本人の脳の特殊性」を研究していた角田忠信さんという科学者がいました。東京医科歯科大学の教授でしたが、彼の著作『日本人の脳』は名著です。日本人必読の本だと思います。

また、いまは七沢賢治さんという私の親友が、言霊研究に全精力を注入しています。

次ぎに、宗教、科学ジャーナリストの大野靖志さんが最近出した「七沢言霊学」についての新著『言霊はこうして実現する』（２０１０年７月20日文芸社刊）中の本当に大事なところだけを紹介します。同書は私が推薦しています。

●――どうして日本語は美しいのか？

「あいうえお　かきくけこ　さしすせそ……」

日本語を学んだ外国人の多くが、整然とした五十音の構成に感心し、母音の美しい響きに感嘆する。また、実際に日本を訪れた外国人たちは日本人の親切さや街の清潔さに心打たれるともいわれ、どうやら、外国の人々の目には、日本人は美しい言葉を話し、美しい生き方を実践する存在として映っているようである。

これを正当な評価と見るか過大な評価と見るかは別として、日本語の美しさについては異論のない方がほとんどだろう。そして、その日本語をより美しく話す人ほど、美しい生き方をしていることにも同意していただけるはずだ。

では、どうして日本語は美しいか？

改めて五十音表を眺めてみると、各音を構成する母音と子音が一目瞭然であることに気づかされる。これは当たり前のようでいて当たり前ではなく、これほど整然と各音が整理された言語はほかにないといっていいだろう。現在の五十音の並びはサンスクリット語の音韻学に由来するといわれるが、日本語のルーツそのものは1万年以上前にさかのぼることができるという。

また、外国語と比較したときには、母音や子音に濁《にご》った響きのないことにも気づかされる。五十音のことを清音《せいおん》と呼ぶが、まさにその名の通り、清い響きがそこには感じられるはずだ。

「母音がきれいに分けられているのが古代から伝わる言語の特長です。日本語のようにはっきりとした母音を持っている言語――古代ポリネシア語、レプチャ語など――は、1万年を超えて今なお原型をとどめる数少ない言語だといえるでしょう」

そう語るのは七沢研究所代表の七沢賢治《ななさわけんじ》氏。

半世紀以上にわたり、「日本語」の研究に取り組んできた氏によると、これらの言語のうち、言語と関連して発達した文化が現在まで残っているのは日本だけだという。これは日本が島国であり、そこで芽生えた文化が、侵略者によって断絶させられることなく連綿と継承されてきたことに関係するのだろう。

◉――日本語が形成する日本人特有の感性

日本語は言語の形態論上の分類において「膠着語《こうちゃくご》」のカテゴリーに入る。これは、単語に接頭辞や接尾辞などを膠着（にかわではりつけたように）させて意味を生み出す形態の言語であり、その構造は日本語の成立過程に深くかかわっている。

上代語における最短の単語は一音であり、その一音一音の組み合わせから日本語は生まれてきた。

「そのように一音で意味を成す言葉を『一音語』、その意味を『一音義』といいます。一音語の代表は体の各部を表す単語であり、マ（目）、タ（手）、ハ（歯）などがあります。これが二音になると、ミミ（耳）、イキ（息）、アク（足）などとなります。つまり、日本語では一音にも意味があり、それが二音、三音となり、組み合わされて、次第に言葉が形成されていったのです」

七沢氏によると、上代語は一音語に始まり、二音、三音となり、その三音の組み合わせだけで2500以上の単語が形成されていたという。2500語といえば、人と人との意思疎通において必要十分な単語数であり、複雑な心情を表すこともできたはずだ。

一例として「憧《あこが》れる」という言葉を考えてみよう。

これは古代においては「アクガル」であり、身体語である「アク（足）」と動作語の「カル（駈る）」を膠着させて生まれた単語であった。つまり、足が地から離れて中空を漂っているような精神状態のことを古代の人々は「アクガル」と呼んだのだ。そのように、一音語、あるいは二音語、三音語が結びついていき、数多くの語彙《ごい》が生み出された。

「一音語にも多義があり、一音多義と呼ばれます。そして、その一音語が組み合わさってさまざまな言葉になっているのが、あらゆる現象を語彙にした日本語の特長です」

そのように森羅万象《しんらばんしょう》を語彙にするプロセスにおいて、日本語には擬音語《ぎおんご》や擬態語《ぎたいご》が他の言語と比べて数多く含まれることになった。いわゆる言語学の世界では、そのような擬音語・擬態語は幼稚なものとされるようだが、見方を変えれば、これは天地自然に感応《かんのう》しやすい日本人特有の感性を示すものといえよう。

このことは、元・東京医科歯科大学教授の角田《つの だ》忠信氏による、日本人の脳についての研究にも述べられている。

人が話すときには言語脳とされる左脳でその音を聞き、楽器の音などは音楽脳と呼ばれる右脳で聞いている――と一般にはいわれているが、角田氏によると、虫の声のような自然界の音の場合では、西洋人などが右脳においてノイズ的な「音」として聞く一方で、日本人は左脳で会話のような「声」として聞いているという。

そういわれると心当たりのある人もいるだろう。

鳥のさえずりや動物の鳴き声、風が木の枝を揺らす音や雨音など日常に溢れる自然音をわれわれはある種の「声」として捉え、その自然界からの語りかけに趣きを感じてきた。

――ここここと　雌鳥《めんどり》呼ぶや　下すずみ

鶏《にわとり》の鳴き声をそのまま「ここだここだ」と呼びかける声とみなした、この小林一茶《いっさ》の句は、まさにそのような日本人の天地自然への感応性が最大限に生きたものとなっている。

角田氏によると、自然音を左脳で「声」として聞く日本人の特性は人種的なものではなく、あくまで日本語に由来するという。つまり、外国人であったとしても、日本語で育てられると「自然の声」を聞くことができるのだ。

これらを予備知識にして、さらに日本語について詳しく知りたい方は、角田さんや大野さんの著書をぜひ読んでください。

これらの研究から言えるのは、①自然のよさが分る、②競争や戦争が得意ではない、③人間がおだやか、④礼儀正しく互助心が強い、⑤お人よし、⑥我執が少ない（自己主張をしない）、⑦自助型が多い、などの日本人の特性が、日本語に関係があるらしいことはまちがいないということです。コトバってフシギですね。ＤＮＡにまで影響を与えるのかも知れません。

それゆえ、資本主義のような「いまだけ、お金だけ、自分だけ」の考え方にはもっとも向かない人たちが、本来の日本人だとも言えそうです。その逆が英語系人や中国人のような気もします。これは、私の美意識の問題からそう思うのです。

しかも、そういう日本人を生み出したのは、日本列島の地理的、地政学的特性とも言えます。

完全な海洋国家で、昔は大陸と切り離されていました。だが、それだけに海を通じて、いまでは世界と一体です。気候も温暖で、日本は四季がはっきりしています。

このようなことを少し勉強すると、日本語、日本人、日本列島のすばらしさに、だれでもすぐに気づくはずだと思うのです。われわれ日本人は生まれながらに何らかの役割を持っているようなのです。

ところが最近、日本の会社の中で日本語を使わせない、社内公用語はすべて英語にしたい……という変な社長が出てきました。びっくりしています。どんな社員ができるか、それらの会社がどうなるか、本当に興味があります。たぶん、うまく経営できないでしょう。

また社会では、子供たちに幼時から英語を学ばせようという風潮がかなり強くあります。それはよいでしょうが、中学生になってからでも充分だと思います。コトバは必要なら1カ月半で、ほとんど用が足りるようになります。

日本人が英語人になりたがる。それはなげかわしいことです。なぜ日本人であることと日本語に誇りを持たないのかと言いたくなります。

たぶん、心優しくない外国が日本を占領したなら、まず彼らがやることは「日本語使用の禁止」でしょう。これがいま分っている「世の中の進化」にとって、もっとも阻止しなければならない大事なことで、そのようなことは絶対にストップさせなければなりません。が、その辺のことが分らない日本人の経営者が出て来たのに最近はびっくりしています。

本書では、そうした分りきったことは書きたくないので、この辺で日本人や日本語の話は終り、ペンを先に進めます。しかしながら日本人であること、日本語を常に話していること、それらの重要性は、日本列島に住んでいる幸せとともに、日本人なら充分に知っておいてほしいと思います。

外国に生まれてもいいのです。外国人でもＯＫです。

ベンジャミン・フルフォードさん、呉善花さん、ビル・トッテンさんなど、日本語を日本人以上に上手に話せる人は、私の友人にたくさんいますが、彼らは美的意識も日本人的になっていくようです。これはすばらしいことだと思います。うれしいことです。

よろしければ、呉善花さんの著書『日本人ほど個性と創造力の豊かな国民はいない』（ＰＨＰ研究所刊）くらいは、ぜひお読みください。日本人やその美的意識のすばらしさとポイントが分るでしょう。

このように外国生まれの日本人と日本語を知った人にほめられる理由は、日本列島、そして日本語のすばらしさのせいで、しかも彼らが日本語の達人になったからとも言えそうなのです。じつに楽しいことですね。

4　なぜ多くのまじめな予測が一致するのか。資本主義は宇宙の原理に反するようだ。ＧＤＰ信仰も矛盾だらけ。日本人の本音にも反する。たぶん、近々にもっとも確実に崩れると断言できるシステムだろう。日本人は日本人らしく生きよう

本書でこれまで何度か登場していますが、徳間書店刊の『聖書の暗号は読まれるのを待っている』（イオン・アルゲイン著）の著者名は本名ではなく、同書によりますと彼の前世での名前ということでした。著者は、私に「聖書の暗号」が信頼できるものであることを教えてくれた人で、本名は稲生雅之さんです。１９６３年生まれのＩＴ企業専門会社の経営者であり、電子回路関連ソフトウェアのエンジニアが本業です。まじめな人です。超能力的なことも好きで、ストレートに本音を言いたがる長所（欠点）があります。「美人に弱い」という長短所も強くある人間臭い好青年（？）です。

同書の序文は私が書いています。よい世の中にするための封印は、「聖書の暗号」がここまで解読されたことでほとんど解かれたように思います。

人類の歴史が急速に分ってきました。なぜ聖書が創られたのか、なぜそれに暗号が組みこまれたかの理由も分ってきました。私とイオン・アルゲインさんの「聖書の暗号」に対

する解釈には多少のちがいがありますが、ともかく同書は参考になる本です。

この「聖書の暗号」をはじめ「日月神示」さらに「コルマンインデックス」（カール・ヨハン・コルマン博士の主宰するマヤ暦による意識進化のプロセス）、ウェブボット＝WEBBOT（アメリカのコンサルタントであるクリフ・ハイ氏を中心とするパソコンの言語解析プロジェクト）、LEAP／E２０２０（フランスの学者グループによるシンクタンクの長期予測）、サイクル研究所のサイクル理論、太陽の黒点周期と社会変動の相関関係、さらにウォーラステインの資本主義についての長期予測など、適確な予測ぶりで知られる世界的な研究機関の諸予測の、２０１０年7月から２０２０年ごろまでの間に起こるだろうと思われる見解が、見事に一致しているのです。フシギなことです。そのほとんどは、一般の人々の常識外のことです。これらの予測のようになる確率は70％以上あると思います。

「聖書の暗号」や「日月神示」以外のそれらの詳細につきましては、やはり私が序文と解説を書いた高島康司さんの新著『未来予測　コルマンインデックスで見えた日本と経済はこうなる』にまとめて書かれています。よく分る本です。

それゆえ詳細な説明は省略しますが、それらによりますと、多少の時間差があるとしても、今年（２０１０年）の6月終りから7月にかけて、世の中は社会的・経済的に混乱しはじめ、とくにマヤ暦がひと区切りする日の2011年10月28日には、大きな転機がありそうなことが予測できます。

さらに2012年から2020年にかけて、資本主義の大変質が予測されるのです。経済理論を述べるまでもなく、資本主義は真の宇宙の理というか「天の理」に反するのはまちがいないですから、論理的に考えますと、近々崩れざるを得ないでしょう。

次ぎに書きますのは、最近、私の周囲で取りざたされていることです。話題になっています。1つは『狙われた日華の金塊』（原田武夫著、小学館刊）の内容についてです。この本の大事なポイントをまとめてみます。元外交官の文章だけに、読みごたえがあります。

「狙われた日華の金塊」（ドル崩壊という罠）原田武夫著より

①パキスタンの英字紙「パキスタン・デイリー」が金をめぐる異様な事実を伝えた（2010年1月）。2009年10月、対外決済のため、中国当局が合計で5600本（ないし5700本）もの400トロイオンス金塊を船便で受け取った。送り主はアメリカ当局。こうしたやりとりはロンドン貴金属市場協会の監督の下、行われている。そのため何らかのまちがいなどありえないのだが、中国当局はあくまでも念のため、

3本の金塊をそこから取り出し、穴を開けて調べた。役人たちは驚愕した。これらの金塊は偽物だったからだ。中はタングステンであり、周りに金メッキが施されていた。しかも、もっとすごいことがある。これらの金塊は打刻の付されたアメリカ製であり、数年間はアメリカ財務省金管理庫（ケンタッキー州のフォート・ノックス）において管理されていたものだったのである。

これを知った中国側は直ちに調査を開始した。その結果、約15年前にアメリカ国内にある精巧な精錬施設を用いて、合計64万本のタングステン塊が金メッキを施されたことが判明したのである。そしてこれらのニセ金塊は、アメリカ財務省金管理庫へと運ばれ、現在でもそこに保管されているのだという。こうして運ばれた金塊の少なからぬ部分は不法に売却され、世界中に広まっているのだともいう。その金額、約6000億ドル。

② 2004年4月14日、世界屈指の投資銀行であるNMロスチャイルド・アンド・サンズ社は金を含む商品（コモディティー）取引から撤退する意向を表明した。同社は1919年以来、ロンドンにおける「金値決め」に際して中心的な役割を果たしてきた。

③ 金をめぐり、2004年を境に世界は確かに変わっていった。そのことが一般に知られないよう、巧みにカムフラージュする役割を果たしてきたのが金ETF（価格連動

型上場投資信託）だ。現物としての金ではなく、その価格に連動する形で有価証券が値上がりしていく金融商品である金ＥＴＦは、２００３年にオーストラリアで初めて承認された。「安全資産は金だけ」という触れ込みが広がっていく中、日本においても東京証券取引所が２００８年６月に上場を承認した。

さて、この本と前後して、私の友人から次ぎのような情報が送られて来ました。親しい人であり、信用できる人です。友人への情報提供者も有名な、よく知っている人です。彼とともに私なりに調べました。数多くの資料が集まりましたが、この情報はあながち否定できないと思います。とりあえず友人からのその文章を、そのまま掲載します。

＊

２００８年初頭、エチオピア中央銀行から南アフリカに輸出された金塊がニセモノであることが判明した。この金塊は２００３年にイギリスから購入したものであった。２００９年10月、中国はアメリカより金塊を購入した。念のため３本を取り出し、穴を開けて調べたところ、タングステンに金メッキしたものであることが判明した。中国が調査を開始、15年前にアメリカの精錬施設を用いて64万本のニセモノを作成し、アメリカ財務省金管理庫へ運ばれたことが判明した。この金塊は不法に売却され世界中に広まっているという。

２００４年４月14日、世界屈指の投資銀行ロスチャイルド・アンド・サンズ社は金を含む商品（コモディティー）取引からの撤退を表明した。１９１９年より金値決めの中心的役割を果たしてきた胴元が役割を放棄したのは、アメリカ、イギリスのニセ金塊が世界に出回っていることを知り、責任から逃れるために降りたといわれている。

２００４年にロスチャイルドが降りてから金価格は上昇を続けている。アメリカは国家破産（デフォルト）を逃れるためニセ金塊を作り続けており、今、世界中に出回っている金塊はタングステンに金メッキしたものであり、重さも見た目もまったくわからない。

日本でニセ金塊が見つかれば、政府は即座に「金管理法」（昭和28年7月15日）に基づき、実態を公表するに違いない。そうなれば金の取引は停止され、資産として持っている金は凍結されてしまう。資産だと思っていたものがガラクタになるということだ。

＊

現在、金の価格が上っていますが、これからの金取引につきましては、要注意だと思います。一方、朝倉慶さんは目前の株価、為替、債券などについて、「介入間近」という彼なりの見解などを毎日レポートで送ってくれます（ここに掲載するのは２０１０年８月13日の彼のレポートの大要です。本書の再校正中に飛びこんで来ました。それゆえ、ここに少し付加しました）。

それによりますと、政府・日銀は近々必ず、大量に介入してくると思える……というのです。たしかにどう考えても、近未来的には債券安、インフレに向かわざるをえない経済状態ですから、朝倉さんの見方がよくわかります。マクロには正しいでしょう。その一方、世界中で変な気候状態が続いています。食糧不足でもあり、穀物などの来年からの値上りもまちがいないでしょう。いろいろ大変ですが、それらの対策を充分にしておくべきでしょう。

なお、朝倉さんは8月13日から15日にかけて、8本ものレポートを送ってくれました。いずれも彼の推測文ですが、さすがによく理解できます。レポートの題名だけ書きますと、

8月13日　介入間近
8月13日　ビル・グロス（その1）
8月14日　ビル・グロス（その2）
8月14日　ビル・グロス（その3）
8月15日　ビル・グロス（その4）
8月15日　（略）
8月15日　ニューノーマル
8月15日　巧妙な仕掛け

となりますが、全部を読むだけでも2時間くらいかかりました。

そこでは、世界一の投資額（約100兆円）を誇るファンドのPIMCOのオーナー、ビル・グロスの戦略と、それに対する日本の年金資金などとの情報や考え方のちがいが、浮き彫りにされています。

野村日本株戦略ファンドは先日1兆円を集めて話題になりましたが、損を重ねた末、その残高はいまや997億円、あっという間に10分の1となりました。朝倉さんのレポートにはその理由がはっきりと書かれています。日本一の資産総額を持つファンドは、グローバル・ソブリン・オープン・ファンドですが、ピーク時に5兆6800億円あった同ファンドの残高は、いまや3兆4000億円を切っています。日本勢はみんな損をしているのです。

朝倉さんのレポートは、欧米の巨大ファンドが儲け、日本のファンドがなぜ損をするのか、その理由を詳しく書き、分析してくれていますが、一度このレポートを日本の政治家や官僚に読んでほしいと思います。投資家も読むべきでしょう。

私見では、日本人的美意識を持っている日本人は、決してこの種のゼロサムゲームでの大儲けは無理だと思います。ちなみに朝倉さんは、ファニーメイ、フレディマック、EC

B（欧州中央銀行）、はてはギリシャ危機なども、彼らのシナリオ通りに動かされているだけだと見ているもようです。

さらにPIMCOのCEO（最高経営責任者）であるモハメド・エラリアンが、いま日本に来て、営業しているもようです。彼は「もう世界はリーマン・ショックの前には戻れない！」と言っているそうですが、こうした連中は、基本的には日本人の資産を合法的に奪い取る手法の名人たちだと考えればよいでしょう。気をつけるべきことです。

世界の景気は決してよくはなっていません。そして日本のマスコミは、ほとんど真実を教えてくれません。すでに世界は経済恐慌に突入しています。

私には、普通の人が株式、為替、さらに債券投資などをする理由がわかりません。99・9％以上は損をするはずですから。すぐにやめればよいのです。

日本人は目先の金儲けに走らず、名人芸とも言える工業技術や本物技術で生きていくことを考えるべきではないでしょうか。そして私たちは、マクロに、経営者的感覚で、それぞれの国の人々の人間性とともに、世界情勢をつかもうではありませんか。

5　日本人は「この本」を読んでみよう。アメリカや中国の本音がほぼ分る

ところで先ほど少し紹介しましたが、今年（２０１０年）の7月21日に発刊された、㈱ヒカルランドという新しい出版社からの処女著作が、中丸薫さん（国際政治評論家、明治天皇のお孫さん）と菅沼光弘さん（元公安調査庁の対外情報活動責任者）の共著です。

本の題名は『この国のために今２人が絶対伝えたい本当のこと』で、北朝鮮のことを中心に、お２人の知っていること、言いたいことを上手にまとめています。私の知識でも80％以上は正しい事実だ……と思いますが、美的感覚から言いますと、日本人としては本当に我慢ならないことが、同書には次々と出て来ます。

ちょっと常識人が読めば、資本主義とか闇の世界権力のこと、アメリカや中国の考え方や日本のことなどが、浮き彫りになると思います。しかも楽しくありません。なぐさめられる（?）のは、日本の政治家やマスコミが「ノーテンキ」なことです。いまの日本では、優秀な政治家はかえって不要なのかもしれません。

小泉さん、安倍さん、福田さん、麻生さん、鳩山さん、菅さんをはじめ、小沢さんのことも各自の政治力とともに思い出させてくれる本ですが、彼らなりに一生懸命、がんばってくれたのだと思います。しかし、世間知らずで選挙のことしか知らないし、正しい情報を勉強するヒマもなさそうですから、大変でしょう。

彼らは決してうまくやれなかった。そのポイントが、この1冊に集約されています。

私の知っているかぎり、「事実とちがうだろう」と思うことも、同書には書いてありません。とはいえ、私が原稿を書きあげようとしているときに、うまく出版されて送られてきた、すばらしく参考になる本でした。著者のお2人の本音、アメリカや中国の本音、日本に対するアメリカや中国の態度について、日本人ならだれでも知っておいてよい内容の本だと言っておきます。できればお読みください。

最後に、アメリカと中国が今後どのように進むだろうかということを考えて、第5章の本文を閉じようと思います。

私は日本人で、中国人やアメリカ人ではありませんから、これらの国の「本質」は知りません。これらの国の将来にも、いまのところ特別の興味がありません。

とはいえ、いままで世界の覇権国であり、日本を属国にしてきたアメリカと、最近、経済などが急成長し、GDPでも日本に追いついた人口13億人（実際は15億人強）の「次ぎの覇権国」と言われる中国の政治家や軍部が、日本をどう考え、どう対処しようとしているのかということには興味があります。その答えが本書に出ています。

日本は第2次世界大戦を、アメリカの支配層によって仕掛けられました。そして原爆を2度も落とされて敗れ、無条件降伏後、アメリカの属国となりました。軍隊もないし、戦争も仕掛けられない現在では、極めて非常識（？）な国になっています。

戦後はアメリカの「核」の傘の下で安全を守ってもらい、償還してもらえそうにないアメリカの国債を大量に購入・保有し、いまなお日本国内にはアメリカ軍が各地に多くの基地を置いています。完全な属国です。

しかし、アメリカは日本語を抹殺しなかったし、天皇制を残してくれました。昭和25年くらいから、昭和天皇は名実ともに日本のワンマン君主となり、日本を安全で繁栄する国にしてくれたと言えそうです。これは、いまや世界のリーダーの常識で、知らないのは一般の日本人だけのようです。ありがたいことでした。

ところでアメリカという国は、一部の白人エリートによって動かされている国のように思います。彼らはアメリカという大国を思惑どおり動かし、将来的に彼らの思いどおりになる世界統一政府を樹立することを狙っているようにも思えます。アメリカが世界中に軍隊を置き、経済的にはグローバリズムと称して自国のルールを推しつけようとしてきたことはまちがいありません。

これは、アメリカが最良の国でなくなった１９６０年ごろからはっきりしてきたように思えます。幸せなことと言えるかどうかは分りませんが、１９４０年～１９６０年、日本がアメリカと戦い、そして敗れ、占領されたころのアメリカは、本当に自由で豊かなよい国でした。

しかし60年すぎからアメリカの没落がはじまったと思われます。

１９６１年１月に任期を終えた、当時のアメリカ大統領アイゼンハワーは、次ぎのような離任演説を行いました。その大事なところだけを紹介します。彼は軍人でしたが、優れた人でした。

＊

最後の世界戦争まで、アメリカには軍需産業がありませんでした。アメリカの農具の製造者は、求められ、時間をかければ剣も作ることもできました。ところが今や私たちは、国家防衛の緊急事態において即席の対応という危険を冒すことはできないと考え、巨大な規模の、恒常的な軍需産業を創設せざるをえませんでした。

その結果、３５０万人の男女が防衛部門に直接雇用され、アメリカのすべての会社の純収入より多いお金を毎年軍事に費やしています。

この莫大な軍備と巨大な軍需産業の結びつきは、アメリカの歴史において新しい経験です。その影響力は経済、政治そして精神的な面において、すべての都市、すべての州議会議事堂、連邦政府のすべてのオフィスで感じ取ることができます。

我々は政府の委員会等において、それが意図されたものであろうとなかろうと、軍産複合体による不当な影響力の獲得を排除しなければなりません。誤って与えられた権力の出現がもたらすかもしれない悲劇の可能性は、常に存在し続けるでしょう。

だからこそ、我々は軍産複合体の影響力が自由や民主主義的プロセスを決して危険にさらすことのないよう、監視しなければなりません。

警戒心を持ち見識ある市民のみが、巨大な軍産マシンを平和的な手段と目的に適合するように強いることができるのです。その結果として、安全と自由とが共に維持され発展していくでしょう。

＊

１９６０年あたりから、アメリカは与える国から搾取する国に、生産する国から消費する国に変りはじめ、世界中で嫌われはじめました。

このころ、私は頻繁にアメリカに行き、世界中を動き回っていましたので、その変化がよく分ります。アメリカのよさ、アメリカ人のよさが、年とともに失われていきました。

いま、私の手元にある資料によると、アメリカは国連加盟国192カ国中120カ国に軍隊を駐留させ、世界の軍事費の半分以上を使っている軍事大国です。基軸通貨である米ドルを持ち、膨大な赤字を抱える国です。これが、アメリカという国のいまの実態であり、そのおかげでアメリカ国民の多くは貧困に苦しむようになりました。治安も悪い国になりました。

いまでは大量の米国債が紙クズ同然となり、アメリカ自体がデフォルト（債務不履行）を計画しているのではないかという噂まで飛びかっています。その可能性もあるでしょう。

ここまで来ますと、アメリカは否応なく変らざるをえないでしょう。まず世界の覇権国でなくなると思います。それも時間の余裕はない、と思います。

属国日本に対しては、真の情報を与えず、相変わらず支配しながらいろんな方法で搾取を続けようとするでしょうが、それも長くは続かないでしょう。

マクロに見ますと、アメリカの没落はもはやストップさせることが不可能でしょう。オバマ大統領も大変なときに、ときの人になったように思えてなりません。

できることなら、1940年～1960年代のよきアメリカに、同国が戻ってくれることを期待したいのですが、時流というのは怖いもので、アメリカは時流に反していますから、たぶん不可能でしょう。

軍事費を減らし、貧富の差をなくすのは、すべてがシステム化されてしまった現在のアメリカでは、一朝一夕にできないからです。

日本は昭和天皇が亡くなられてから国家のリーダーがいなくなり、ここ20年、世間的には没落の一途を辿《たど》っていますが、今回の参議院選挙でも分るように、大衆の声が世の中をリードするようになってきました。リーダーとは言えず、政治家でもありませんが、「有意の人」も出て来はじめました。米国債売却を外交カードに使えるようなリーダーは出ないと思いますが、それもよいことのような気がします。

属国日本でなくなっても、たぶん大丈夫でしょう。

世界一安心でき、お人よしで、美的意識もある民度の高い国民が、これから真実に目覚め、本音でがんばればよくなるでしょう。日本にはまだ、それくらいの余裕はあります。

さて、次ぎは中国です。

ここは隣国です。私は3年余り、病気のために中国へは行ってはいませんが、多くの日本人が中国を訪ね、いまでは多くの中国人も日本に来ています。

それらを通じて情報にはこと欠きません。

中国人はお金が大好きで、我執が強く、策略的でもあります。そのことを知って付きあうと、個人的にはよい人たちが多いようです。しかしいつまで経済成長が続けられるかがキーポイントです。

日本人とはまったく正反対の人間性を持った人たちも多いと思います。

自尊心も強いし、よく働き、よく学びます。アタマのよい人が多くいます。

親しい人や特別縁のある人はとくに大事にします。それに日本人よりは、マクロに物事をつかめる能力があると思います。

それこそ前記の中丸さんと菅沼さんの共著を読めば、北朝鮮を通じての話が中心ですが、中国人の考え方がよくお分りになると思います。

「聖書の暗号」によると、2011年〜2016年ごろに、尖閣諸島をめぐって第3次か第4次世界大戦の火蓋《ひぶた》が切られるかもしれないと読めるのですが、よく考えるとそんなことはあり得ないでしょう。

これからしばらくの間の中国は、たぶん共産党統治下であると思います。

菅沼さんは同書で、次ぎのように述べています。

＊

中国が共産党統治下であるかぎり、日本との戦争は起こせない――その理由は？

考えてみますと、例えば、今中国と日本が尖閣諸島をめぐって戦争状態に入るということになりますと、日中間の貿易がストップしちゃうわけです。日本にとっても、やっと対中貿易で経済が浮上してきた。中国は大変重要なんです。しかし、中国にとっても、日中間の貿易がストップするということは、日本に対する輸出品をつくっている工場が全部閉鎖されることになる。そうなりますと、中国経済はダウンしていく。

今の胡錦濤《こきんとう》政権は共産党の政権です。「選挙もなしに、なぜ胡錦濤が国家主席なんですか。だれも選んだわけでもないのに、何で中国共産党が国を支配しているんですか」という疑問は、今、中国の国民の間に沸《ふつ》々と出てきているわけです。それを抑えているのは、ナショナリズムの問題もあるんですが、中国の経済発展を中国共産党が進めているんだという現実です。

中国共産党の指導がなければ、中国の経済はこれほど発展しません。もし、中国共産党政権のもとで経済の成長が止まる、あるいはダウンするということになりますと、中国共産党の統治の正統性が問われることになるわけです。それは中国共産党の命運が尽きることにもなる。したがって、「現在の中国共産党の政権である限り、日本と戦争をすることはあり得ないでしょう。だから、我々は」となるわけです。我々は人的に経済的にも、中国との相互依存関係をさらに拡大していけば、それが日本の安全を守ることにもなるんじゃないかという議論もあるわけです

また、菅沼さんは次ぎのようにも述べています。

＊　＊

日本で、みんなが今目をつけているのは中国です。中国がまた政治的、経済的に台頭してきた。今の日本経済も、当面みんな中国様々でやっている。政治家を見てください。自由民主党の政治家でも、アメリカに対していささかでも反感を持っている人は、みんな親中派。民主党もこの前の小沢さんの一行600の訪中。みんな、アメリカがだめなら中国があるよ。これは戦時中と同じ構図です。英米がだめならドイツがあるよ。みんなドイツに行っちゃった。日独伊3国同盟です。

しかし、中国も共産党の政権で、今何でもっているか。それは中国共産党がまだ分裂し

てないからです。中国共産党はいろいろな問題があるけれども、少なくともまだ一致団結しているからもっている。ここへ来て、胡錦濤の後、習近平が総書記になるのか、李克強がなるのか、はたまた薄熙来という第3勢力まで出てきて、今三つどもえになって権力闘争が展開されている。しかも、中国の場合は汚職がある。中国共産党の党員がみんな汚職に染まっている。

汚職の摘発《てきはつ》をやるということは、権力闘争です。権力闘争に負けると全部やられちゃう。だから、みんな必死です。それがおさまりがつかなくて、党大会をめぐって中国共産党が真っ二つに分裂することになれば、中国はあっという間に崩壊する。大混乱。しかし、党をバックアップしているのはだれかというと、毛沢東の時代から人民解放軍です。だれが軍を握るかによって、だれが権力を握るかが決まる。

＊

中国軍はいま軍備を非常に近代化し、拡大していると報じられています。

日本にとっては、警戒しなければならない存在かも知れません。

しかし２０１２年の10月までは胡錦濤国家主席と温家宝首相が、国を引っ張っていくことが決まっています。彼らは常識人で善人です。日本人と仲よくするでしょう。

問題は、このあとの人事がどうなるかです。

いま3派が争っています。たぶんその中の1派になるでしょうが、争いに敗れたほうは、全員が失脚でしょう。そういう意味では、すごい体制の国です。役人も汚職に手を染めるようです。不動産バブルも、いつまでも持たないでしょう。

ともかく共産党政権を維持して8％以上の経済成長を続けないと、成り立たない国なのです。しかしそれは永遠には続きません。いまの国家主席や首相までは、中国の「中興の祖」と言ってよい実力者だった、鄧小平さんが決めていました。

しかし、次ぎの主席や首相を胡錦濤さんは決められないと思います。

このときに、国内の一体化（共産党政権の維持）のために、軍が動く可能性があります。と言いましても、世界中が注目している中での出来事ですから、日本としては、それなりの対策さえ立てておけば、そして中国と仲よくする政策を国の基本方針としておけば、大きな問題は起こらないでしょう。

中国の次ぎの主席も、日本とことを構えるほど愚かではないと思うのです。

というのは、信用できる調査では、中国人は日本と日本人が好きだと言えるからです。それらにつきましては、読者なりにお調べください。

中丸さんと菅沼さんの共著から話がいろんなところに飛びました。

最後に、国際関係で大事なことを知りたい場合は、月刊『ザ・フナイ』（船井メディア刊）に連載しています、ベンジャミン・フルフォードさんと五井野正さんの文章を、ぜひ読んでおいてください。

ちなみにベンジャミン・フルフォードさんの文章は、今年（２０１０年）６月号はユダヤ人のことを書いた「悪魔教の話」でした。また7月号は、「本物のイルミナティ」といわれている「マジェスティック12」のことでした。

ともに、日本のリーダーになる人を含めて、「有意の人」は知っておいたほうがよいことです。そうしますと、世界のこと、これからの世の中のことなどが、ある程度正確に分ると思います。また五井野正さんの7月号の文章には、びっくりさせられます。本当にマクロにものを知っている人で、毎回参考になります。8月号の船瀬俊介さんの記事と合わせて読みますと、「東京大壊滅」が近々に起こる可能性は強そうに思われます。

真実はどうなのか分りませんが、中丸さんの発言によりますと、北朝鮮は金正日さんの超ワンマン国家ですが、マスメディアの発表とは逆で、豊かで多くの国民が恵まれた生活をしているとか、日本と北朝鮮を仲悪くさせるのはアメリカと中国の国策であり、小泉元首相が金正日と会ったときに本来解決できたはずの諸問題を、小泉さんが礼を失したためにできなくしてしまった……と発言されています。

これらは中丸さんの「本音」だと思いますが、書かれていることの90％くらいは正しいように思いました。理屈も通っています。「なるほど」と思います。彼女の言うことが、私のよく知っている中丸さんの美的哲学に合っているからです。

ともかく『この国のために今二人が絶対伝えたい本当のこと』を、できればお読みいただきたいとお願いし、本音50％以上で書いた本書の本文を終りにしたいと思います。

付　作家の加治将一さんが健康のヒントをくれた

つい最近のことです。2年くらいやりとりのなかった加治将一さんから、長いお手紙をもらいました。彼の了解を得ましたので、その一部をここに掲載します。

拝啓　船井先生
大変御無沙汰しております。新著『退散せよ』ありがとうございます。

はじめて企業コンサルタント業を垣間見させていただきました。命懸けで働くという、そのすさまじさに、ノホホンと暮らしてきた僕などは正直こんな世界もあったのかと驚きを禁じ得ません。

二年前、講演に声を掛けてくださって、大変感謝しております。僕にとっては、貴重なわくわくする体験でしたが、実はあの時、ほとんど視力を失っていたのです。

読書はもとより、テレビも映画も観られない状態でした。昼間の歩行ならゆっくり歩けば、段差はなんとか認識できるのですが、夜はまったくのお手上げで、移動は人の肩を借りながら、あるいはドアからドアのすべてをタクシーで、というありさまでした。

原因は白内障です。普通なら手術で簡単に治せます。しかし僕の場合は角膜が異常に薄く、手術をすれば眼球破裂の恐れがあって、高名な井上眼科や、神の手を持つという三井記念病院の赤星先生からも、敬遠される状態でした。

（中略）

しかも、あの講演の八か月前、二八歳の娘が仕事先のロサンゼルスで倒れて、担ぎ込まれていたのです。

アメリカで八つ、日本で二つの病院で診てもらいましたが、原因は不明でした。

五反田のＮＴＴ病院に入院して病名が分かったときは、四〇度近い高熱が二カ月も続いた後で、体重がわずか三七キロにまで痩せ衰えており、長い検査の結果判明したのが、スティル病という都指定の難病でした。

母親は、娘が生まれてすぐ亡くなったので、父一人、娘一人です。

「なにがあっても大丈夫！」

僕はそう娘に語りかけ、毎朝玄米を炊き、二〇分の道のりを歩いて届けましたが、こっちの方もどんどんと白内障が進み、完全失明は時間の問題です。

そうなれば作家は諦める他はありません。にもかかわらず、娘の病室に毎日通う時間が楽しかった。

「失明したら、そうだなあ、パパには落語家にチャレンジという道もあるね」

冗談とも本気ともとれる戯言を、ベッドの娘に語ったものです。

その時の本のサインは「夜だから星が見える」です。

そんな時です。船井ワールドの講演にお呼びいただいたのは。

出会いとは不思議なもので、ホ・オポノポノを知りました。

僕は物書きでもありますが、帝国クリニックのカウンセラーでもあります。で、いつもクライアントにセルフ・セラピーなるものをすすめていたのです。

僕の持論はこうです。

「人間には、愛（癒し）が必要で、人や自然との愛の交流がなければ、エネルギーが得られず、鬱になりやすい」

ところが、多くの人は愛の交流が下手です。

自分を愛せず、人を愛せず、自然を愛せないのです。

その結果エネルギーが枯渇し、無気力になるならまだしも、どこからともなく恨み、嫉妬、憎しみが湧いてくるものです。

愛の交流が肝心なのですが、できなければ、てっとり早く、自分で自分を癒すセルフ・セラピーをしていただく。その仕方を教えていたのです。

（中略）

僕のクライアントには、フォーブスに名前の載っている方から有名なアスリートまでおります。

かれらは金儲けの達人や、スポーツの達人ですが、しかし人生の達人ではありません。

現状に満足できないからです。

人生の勝利者というものがあるとすれば、それは今が最高と思える人です。そう思う人にだれもかないません。たとえ五〇〇〇億円持っていようが、今が最高だと感じているホームレスにはかなわないのです。何百人も診て得た、実感です。

（中略）

で、セルフセラピーの、もっとシンプルなものがホ・オポノポノでした。縁結びの神は船井先生です。

ありがとうございます。ほんとうに深く感謝していますが、僕はさっそく従来のセルフ・セラピーにホ・オポノポノのエッセンスを取り入れてみました。

半年くらいでしょうか、効果はめきめきと現れはじめたのです。クライアントだけではなく、僕の方もいい方に転がりはじめました。

そういう予感もありました。

まず娘が無事一〇カ月で退院、自宅でさらに半年くらい静養し、その後、外資系の証券会社で普通に勤めるほどに復活したのです。薬は手放せないものの、今は快適に暮してあります。

そして僕の方ですが、どうせ失明するなら可能性を追求してみようと思って、例の赤星先生の病院の門を叩いたのです。

すると前回は門前払いだったのですが、どういう風の吹き回しか、眼科だけにお眼通りと相成って（笑）、やってみましょうという運びになりました。

ご想像どおり、手術は大成功でした。０・７まで回復したのです。

ただし遠視は残っていて、眼鏡をかけても読書は困難です。しかし、これまたセルフセラピー＋ホ・オポノポノのおかげなのでしょう、本のページをスキャンし、それを大画面のパソコンで読む方法を知ってからというもの、どんな本でも読めます。

続いて、文字の大きさを自由に変えられる新兵器、ｉＰａｄの登場です。

僕の『龍馬の黒幕』がフジテレビとＢＳジャパンの一時間半の特別番組になったりと、なにか、どんどん周りに助けられて、おかげさまでさらに楽しく暮らしているというのが現状です。

（中略）

僕の寿命は七〇〇〇日を切りました。これまで、二二二六五日間にわたって、沢山のものをいただいてきたので、これからはお返しする番だと思っています。

僕にとって、船井先生は最優先です。僕の役に立てることがあれば、喜んでどこへでも馳せ参じたいと存じます。

『アルトリ岬』を送らせていただきます。

二年前に書きおろしたカウンセリング小説です。自分でいうのもなんですが面白くてタメになる本だと思います。そう思っていたら今年、映画化が決定しました。

最近の本のサインは「思いのままに生きる」です。

（中略）

では、今後ともご指導よろしくお願いします。
ご自愛ください。

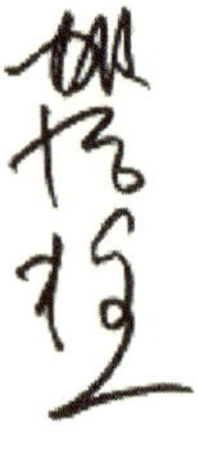

加治将一

ホ・オポノポノというのは、ハワイに昔から伝わるあらゆる悩みや病気を完治させるという簡単な手法で、私が日本への紹介者の1人だったことはまちがいありません。

この加治さんの手紙を見て「ホ・オポノポノ」をはじめました。1カ月ほど前からです。痛い口内に対して、私も「私の口よ、ありがとう、ごめんね、許してね、愛しているよ」という言葉を、心を無にして1日に何回か、小声で唱えはじめたのです。

そうしますと、体調が悪くなってからやめていた、体力を補給し免疫力をつけると言われている「カリカ」「爽快水素」「精気源」などを食べたくなりました。

そこでキネシオロジーテストで私のカラダとの相性を試し、今月10日ごろから順次、これらを食べはじめました。

1つ目はカリカです。十数年来、毎日3袋くらい食べていたのですが、顆粒が口内を痛めるため、2年有余やめていました。湯で溶き、1日6~10袋を飲みはじめました。パパイヤ発酵食品ですが効果は多くの人にあるもようで、各大学や研究所での研究で安全性や免疫調整の効能が認められております。これは㈱済度が発売元ですが、本物研究所で入手できます。

2つ目は、私の親友の及川胤昭博士開発の「爽快水素」で、活性酸素を除去する効果がありそうです。これも本物研で入手できます。

3つ目の「精気源」は精気源臨床研究所のヒット商品です。私の場合、飲もうとするとべとついて口内が痛く、2年ほど前に飲むのをやめたのですが、何とかして復活したいと考えています。あと1つは、口内の痛さを和らげてくれるようなので、ずっと飲んでいた鳳凰堂発売の「熊笹エキス」です。

これらに、「ホ・オポノポノ」を加えてまじめに挑戦をはじめました。

どれが効いたのか分りませんが、体力が回復しつつあるように思います。それからもう1つ変ったことをはじめました。

それはエバメール化粧品を活用しはじめたことです。

今月9日に㈱エバメール化粧品の飯野由昌社長と飯野滋子専務が、私の知人のある会社の社長とともに、初めて私の見舞いを兼ねて熱海のオフィスに見えました。

社長と専務は夫婦で、拙著の『エゴからエヴァへ』を読んで「エバメール」という社名にしたとのことですが、お2人とも50代に見えました。ところが社長は私より1～2歳若いだけだったのでびっくりしました。

どうやらその秘密が、エバメールにあるようなのです。

この化粧品は若い女性には大人気のもようですが、原料は生体エネルギー水が80%、あとの20%は海藻類やアロエなど天然成分とのことです。ゲル状になっています。油類は一切使っていないとのことです。

とりあえず入手して顔、手、アタマ、足、そして口内の痛いところに刷りこみはじめました。

生まれてからヒゲソリあとにローションをつける以外、化粧品を使ったことのない人間がこんなことをはじめたので、家内からびっくりされていますが、すべては飯野社長夫婦の若さと分りやすい論理に納得したものです。私の美的意識にそっくりなのです。

もちろん、ホ・オポノポノで「Thank you」「I'm sorry」「I love you」をくり返しながらやっているのですが、どうなることやら楽しみです。

半年くらい先の私に、自分で期待しています。

健康というのは何より大事なものです。それは、ここ3年有余の病気で充分すぎるくらいに知りました。これで元気になれそうな気もします。

なお「ホ・オポノポノ」につきましては『ザ・フナイ』の２００８年2月号に、私といま、この手法の普及の第１人者と言われていますイハレアカラ・ヒューレン博士の対談が載っております。できればお読みください。論理や実践法が分ると思います。

終章　人類の歴史と今後についての現時点での私の仮説

私は30歳くらいから、余暇時間ができると「世の中の構造」や「人間の正しいあり方」についての勉強をしてきました。興味があって仕方がなかったのです。60歳くらいから、さらに「人間の過去の歴史と今後どうなるのか」について考えるようになりました。

そのきっかけは、宮古島という沖縄の南端の島に惹かれ、なぜかそこに行くと過去生で縁があるのか、なつかしくて仕方がなかったからです。

毎年1、2回は行っていました。とくに新城定吉さん宅のお庭（3000坪ほどあります）や、張水御嶽《はりみずうたき》という古いお社《やしろ》に行きたくて仕方がないのです。時々、新城さんの庭の、ある大きな岩（マーラ岩）に触りたくなったり、張水御嶽の神殿の隣にある太いガジュマルの木のところで休みたくなります。この島に行きますと、私個人にしか分らないことですが、毎回のようにたくさんのフシギなことがありました。

それはそれとしまして、7月、徳間書店から私が序文を書き、推薦し、解説も書いているイオン・アルゲイン著『聖書の暗号は読まれるのを待っている』（徳間書店刊）が送られてきました。見本刷りができたというので発売日より半月ほど早く送ってくれたのです。

ちなみに同書には、宮古島のことや屋久島のことがムーの遺跡として載っています。

同書を7月17日、18日と2日間にわたって念入りに読みました。同書は原稿の段階で1度目を通していたのですが、あらためて1語1語をゆっくりと読んでみたのです。

私はこの本の著者とは、「聖書の暗号」の解釈については、やはり多少のちがいがあります。しかし一致するところが非常に多くあります。

同時にこの2日間は、新たに送られてきた本も読みました。

それは、ヒカルランドの新著『すべてが明らかになります！「UFO宇宙人アセンション」真実への完全ガイド』で、ペトル・ホボットさんと浅川嘉富さんの対談書です。発刊前に、わざわざ送ってくれたのです。

ペトル・ホボットさんは1967年チェコ生れの超能力者ということで、旧ソ連やロシアで活躍、いまは南米大陸などを中心に世界的に活躍している人ということです。私はこの本で初めて彼のことを知りました。一方の浅川さんは1941年生れの方で、地球や先史文明研究家ということです。徳間書店や学研から何冊かの本が出ています。

この方とも私は面識がありませんが、ムーなどについての先史文明研究家の発言を知りたくて、この本を読んだのです。

ところで結論を急ぎましょう。

10万年以上昔の地球に、どんな人類がいて、彼らがどういう活躍をしていたかは、いまの私にはほとんど分りません。たぶん平和にのんびり暮していたのでしょう。

しかし数万年前からというのなら、私なりの仮説をつくれそうです。

平和でのんびり暮らしていたと思える地球人のところへ、レプティリアン系の非常に優れた科学能力を持つ「知的種族」が乗りこんできたようです。

宇宙には多くのレプティリアン系の知的種族がいるようですが、その大半は友好的かつ好意的な存在のもようです。地球に入って来た種族も、はじめは、地球人の文化的向上に手を貸してくれたように思います。姿、形もそのままだったようです。が、4万～5万年前くらいから、彼らは地球人を支配しようという邪《よこしま》な考えに、とりつかれたような気がします。地球人と混血しましたが、実際の姿を地球人には見せなくなったようです。

地球にはムーやアトランティスというような優れた文化を持った国や大陸もできたようですが、彼ら知的レプティリアン族は、それらの人々の一部に彼らの考え方を信仰する仲間をつくり、1万3000年ほど前にわざと彗星を海に落とし、その影響でそれらの大陸を沈めてしまったような気がします。たぶん、ほとんどの人はそのとき死滅したのでしょう。

一方、地球人全体の歴史や個々人の発展のプロセスは、ニルバーナにあるアカシックレコードに数万年前から、創造主の意図を受けた地球人のアカシックレコード担当の神々によって記録されていて、それにしたがって地球や人類の進化が図られてきたのだと思えます。知的レプティリアンやムーの王は、それらを読む能力があったようです。「聖書の暗号」からそれらを読みとれます。

ムーやアトランティスが沈み、ほとんどの人々が一度は亡くなりましたが、生き残った人たちが徐々に増えて、戦争などをしながら再び文化を発達させるであろうことを、アカシックレコードなどで知的レプティリアンは知っていたようです。そして、今度こそは地球人を完全支配するために（旧約）聖書を残し、その数千年後から自らを神と称し、お金というものをつくったり、フリーメーソンなど秘密結社の組織化など、いろんなことをやったようです。創造主がこのようなことを許したのは、ムーやアトランティスにあった生けにえの儀式が「宇宙の理」に反するものであったからだと思います。

地球に来た知的レプティリアンは、アカシックレコードの書き替えも狙っていたと思えます。

しかし、１９９０年代の後半になって創造主が、彼らはもはや地球人や地球には不要だ……ということで、地球域から去るよう、彼らに命令したもようです。その理由を賢明な彼らは納得して、知的レプティリアンは去って行きました。「聖書の暗号」からは、このように読めるのです。

同時に、これまで彼らの考えにしたがって彼らの手先となり、人類を支配しようとしてきた一般に「闇の勢力」と言われている勢力の衰退がはじまりました。だから今後、悪の心を中心とした「聖書の暗号」の予言は、急速に当らなくなると思います。

もはや彼らの命運は尽きそうです。

それとともに、まだ一部の地球人ですが、心ある地球人が我執やお金から離れ、すばらしい世の中をつくろうと目覚めはじめたようです。

それらの人々の支えになりつつあるのが、本書でくり返し書いてきました「聖書の暗号」や「日月神示」だと私には思われるのです。

イオン・アルゲインさんが分析したように、ムーの最後の王「ラー・ムー」が付加した愛の心を中心とした「聖書の暗号」の愛の部分は、「日月神示」とともに、「2003年くらいから2013年くらい」に世の中が大きく変りはじめ、とくにその変化の中心が「2009年～2013年ころ」になることをはっきりと示しています。

そして、天災や人災はまだ多くあり、人類への大困難もあるでしょうが、早ければ20

２０年ごろまでに日本人の「有意の人」が中心となり、「フリーメーソンやイルミナティ一派」も抱きこんで、彼らの知恵も活用するようになりそうだと読めます。

このように、われわれ地球人が、すばらしい「この世」をつくることを示唆してくれているように思えるのが「聖書の暗号」で、その具体策を示しているのが「日月神示」です。これらの変化はすでにはじまっており、ただいま進行中と言えそうです。

たぶん、第３次世界大戦や第４次世界大戦も起きないでしょう。

核戦争も起きないでしょう。ここまでは、私でも99・９％確信を持って言えそうです。よほど変なことがないかぎり、人類は大本神論や日月神示にあるような、「みろくの世」をつくれるのではないだろうか、と思っています。

あと３０００年〜４０００年くらいは、創造主が地球人類を見守っていてくれそうです。われわれはまだそのようなレベルです。これはアカシックレコードから分ります。

しかし、その後はアカシックレコードも不要になり、地球人類すべてが優良星人として宇宙の進歩に１００％貢献できるようになるはずだ……と思えて仕方がありません。

以上が、私の現時点での仮説です。

この終章には仮説だけを書きました。

これはほとんど私の本音です。希望かも知れません。

それをふまえて人類も私も、たぶんこれからは本音50%～100%で生きられるように、急速に変ると思います。美的にも進歩できるでしょう。うれしいことです。

いずれ、なぜこのような仮説を本書の最後に書きたくなったのか、またどうしてこのように言えるのかを、その理由とともに発表するときが来るかもしれません。

本書をお読みの方は、この終章の私の仮説がなぜか、感覚的にほとんどお分りいただけるように思います。

本音50%以上で書いた本書をゆっくりお読みの上、この終章をいまの私の気持ち、あるいは希望としてお読みください。

(なお、今日は2010年7月19日です)

あとがき　マクロには「よい時代」へ向けて世の中は変り出した

6月24日から書きはじめた本書の本文原稿を書きあげたのは7月19日でした。4～5日間で原稿を読み返し、訂正・付記して、7月25日に出版社に全原稿を送りました。

8月4日に入って、ようやく初校が出てきました。それに訂正・付記するとともに、今朝からこの「あとがき」を書きはじめました。今日は8月6日です。なお、この「あとがき」は、100％本音で書きます。

本書は100％私が書き下ろした本です。多少の引用はありますが、そのほとんどが私のホームページなどの自分の文章です。話題が多岐にわたっていますが、それはすべて本音を述べたからということで、どうか御理解ください。

今夏は猛暑の毎日で、東京より3～4度、夏の最高気温が低い熱海の山中の私宅でも、連日32℃くらいになりました。ここは住みよいところです。品川駅から「ひかり」で約30分、「こだま」で約40分くらいで着きます。熱海駅から車で10分足らずで私宅に到着します。

冬の最低気温は東京より2～3度高く、温かいし、温泉もふんだんに出ています。海も見えます。それに人々は道で会うと、みんなあいさつを交わす、静かな明るい山中の町です。緑多いイヤシロチでもあります。

ところで最初、この本は私の「遺稿」のつもりで書きはじめました。

２００7年3月から病気になり、２００8年10月から口内の異常がはじまったのですが、名医のお世話になり、よいと思ってやることのすべてが結果的にうまくいかず、今年（２０１０年）の5月ごろからは絶えず口内が痛く、しびれ、話すことや食べることもままならない状態になりました。いまも続いています。

「ひょっとすると、暑い夏を越せないかもしれないな」と思いながら、原稿を書き出したのです。それゆえ、本音50％以上とか１００％近くの文章を書けたのだと思います。

「いままでは10％以下の本音で生きてきた」と、本書では正直に書きましたが、それは90％以上ウソをついて生きてきたというわけではありません。本音で生きるのがむつかしかった…そういう環境の中にいた人間だったと思ってください。上手に言わないと小さなことでも影響がありすぎました。その点はどうぞご了解ください。ただし本書では、平均して50％くらいは本音で書いています。

そしてこれからの私は１００％本音で書き、しゃべろうと思っています。

一例をあげます。私の専門の経済予測のことです。

いま世界経済をマクロに、ほぼ完全につかんでいる人々は、いままではユーロやユーロ圏各国の国債、銀行の内容、ＥＣＢ（ヨーロッパ中央銀行）の発表を、だれ１人、まともに信用していないと思います。いつ、ニッチもサッチも行かなくなるか分らないという実態を知っているからです（もっともストレートにそのことを発表しているのは、７月29日の朝倉慶さんのレポートです。７月23日に公表されたヨーロッパ各銀行へのストレステストの結果、91行中不合格はわずか９銀行でした。しかしこうなることは、一時的というより、いまからしばらく大衆投資家が、この結果にだまされてマーケットが上向きになることを折り込み済みだと彼は言うのです。ユーロ圏の責任者は「これで透明性は証明された」「ユーロ圏の国家デフォルトはない」と、口をそろえて言います。今年末には１ユーロは１・85ドルになるとしています。これらはみんな大衆投資家をだます国際金融資本家たちの策略なのですが、これが７月29日の朝倉レポートの概要であり、私も同意見です）。

しかし、これを朝倉さんのように本音で発表する人は１％もいないでしょう。どうやら大衆資本家も、だまされるのに納得しているようです。

いまの世の中は、このような変な世の中なのです。これらは私の美的意識に反します。ただ同時に、今年から２～３年内に、日本人の「有意の人」（いままでのような、策略とかお金とか我執中心の世の中ではいけないと思う人）が急増し、本音や真実が急速に現実化してくるでしょう。

さて、本書は一応レジュメをつくって書きはじめたのですが、書いている間に、はじめのレジュメとかなり内容が変りました。これまでの拙著とちがい、一気に書き下ろした本ではないからですが、これは珍しいことです。私は主として3人の人物に影響を受けました。

1人目は、大石憲旺さん（仮名、このお名前は中矢伸一さんに聞きました）という発明家兼マーケティング学者です。いま72才の紳士ですが、まだ中矢さんの紹介で2～3回会っただけです。大石さんは「進歩というのは、世の中を美的にすることだ」と言います。これは全く同感です。したがいまして、本書も彼と話した第3章あたりから「美」を意識した文章に、内容が変ったと思います（もちろん私主体の「美」ですが）。

2人目は、本書を担当してくれたビジネス社編集長の瀬知洋司さんです。こまめに連絡をしてくれました。7月29日にカメラマンを連れて、本書の表紙などに使う私の写真を撮りに来てくれました。彼は私の原稿を読み、「本音はよいですね。いままでの船井先生の著書とは明らかにちがいますよ」と話してくれました。

瀬知さんは私の若いころのライバルだった渥美俊一さん（東大卒、読売新聞記者を経て流通業コンサルタント）とも面識があり、つい最近（7月21日）亡くなった渥美さんが瀬知さんと最後に会ったとき、「ところで船井さんはお元気かな。熱海でのんびりしている？　それはいいね。私も熱海へ行きたいなあ」と言ったとか。往時を思い出させてくれました。渥美さんが存在したからこそ、船井理論という経営理論ができたのです。よきライバルでした。瀬知さんに影響されて、本書の文体がかなり肯定的になりました。

3人目は、船井本社・熱海オフィスの私の秘書である相澤智子さんです。私の書いた原稿のワープロ化や誤字のチェックなどでお世話になりました。

話すと口内が痛むため、ほとんどものを言わない私に、彼女は遠慮しながら、ちょいちょい原稿を読んだ感想を言ってくれました。20代の若くてやさしいお嬢さんです。本書は相澤さんのおかげで、やさしさのある文章になったようです。

本書は４００冊を超える私の著書の1冊ですが、こんなにゆっくりと念を入れて書いたのは、いまから40余年前に最初の著書『繊維業界革命』（１９６９年、ビジネス社刊）を出して以来です。しかしながらいま、気になることが多い上にかなり本音で述べましたので、いろんなことを書きすぎたようです。反省しています。

どうやら暑い夏も無事に越せそうですから、これからも本を書くでしょう。ゆっくりと、私の美意識を満足させながら、本当に読者の心に残るものを丹念に書きたいと思います。

一昨日から3日間初校の校正をやりながら、全原稿にもう一度目をとおしました。

本音度は、第1章50％、第2章60％、第3章70％、第4章80％、第5章90～100％、終章は仮説ですが100％と、どんどん高まるので、後章ほど言いたいことを書いている本になりました。この「あとがき」も気に入っています。

一応満足しておりますが、ここで書き足らなかったことや気になることを、あえてあげるとすれば、次ぎのようなことです。

①金（ゴールド）の取引は（近々）停止される可能性が高い。

②「聖書の暗号」に出て来ることでも、「脅しやマイナスのこと」はこれから実現しなくなるだろう（聖書には「愛の心による暗号」と「悪の心による脅しなどの暗号」があるのです）。

③東京大壊滅の可能性があること。

④北極の軸が傾き出したこと。

⑤北磁極が毎年50㎞も西へ移動していること。

こうした注意を要することは、9月11日、12日の「2010年にんげんクラブ全国大会」で話す予定です。

本音の時代が来ました。それは本物の時代と言えるでしょう。いよいよ真実がすぐに分る時代です。マクロにはよい時代が近づいて来ているようです。

時流としては世の中よい時代へ向けて走り出しました。とはいえ、天災・人災は増えるでしょう。それもみそぎと思って正しく生き、希望を持って、みんなで矛盾のない楽しい時代を創ろうではありませんか。そのポイントは「アカシックレコード」のようです。

そしてその答えは「日月神示」にありそうです。ぜひとも勉強いたしましょう。

読者のご多幸をお祈りするとともに、最後まで本書にお付きあいくださったことに、心から感謝いたします。

２０１０年８月６日朝　自宅書斎にて

著者

<著者略歴>
船井幸雄（ふない・ゆきお）
1933年、大阪府生まれ。1956年、京都大学農学部農林経済学科を卒業。産業心理研究所研究員、日本マネジメント協会経営指導部長、同理事などを経て、1970年に㈱日本マーケティングセンターを設立。1985年、同社を㈱船井総合研究所に社名変更、1988年には経営コンサルタント会社として世界で初めて株式上場（現在同社は東証、大証の一部上場）。同社の社長、会長を経て、2003年に役員を退任。現在は㈱船井本社の会長であると同時に、㈱船井総合研究所、㈱船井財産コンサルタンツ、㈱本物研究所、㈱船井メディアなどの最高顧問を務め、グループ会社60余社の象徴的存在。経営コンサルタント、人生コンサルタントとして、第一線で活躍中。
著書は『二つの真実』『超効率勉強法』『にんげん』（以上、ビジネス社）、『人生で一番大切なことは、正しい生き方を「クセづけ」する』（海竜社、小宮一慶氏との共著）、『退散せよ！似非コンサルタント』（李白社発行、フォレスト出版発売）、『2020年ごろまでに世の中大転換する』（徳間書店）、『13歳からのシンプルな生き方哲学』（マガジンハウス）、また共著として『すでに世界は恐慌に突入した』（朝倉慶氏と）、『人間力』（羽生善治氏と）、『日本人が知らない「人類支配者」の正体』（太田龍氏と）、『昭和氏からの警告』（副島隆彦氏と）、『長所伸展の法則』（小山政彦氏と）、『成功とツキを呼ぶ本物の法則』（佐野浩一氏と）など約400冊（上記共著はすべてビジネス社）。

船井幸雄ドットコム　http://www.funaiyukio.com/

本音で生きよう

2010年 9月17日　第1刷発行
2010年10月 1日　第2刷発行

著　者　船井幸雄
発行者　鈴木健太郎
発行所　株式会社ビジネス社
〒105-0014　東京都港区芝3-4-11（芝シティビル）
電話　03(5444)4761　http://www.business-sha.co.jp

〈装丁〉八柳匡友
〈組版〉創生社
〈著者撮影〉井上良一
本文印刷・製本／株式会社廣済堂
カバー印刷／近代美術株式会社
〈編集担当〉瀬知洋司　〈営業担当〉山口健志

ISBN978-4-8284-1598-7